爱哟，爱

[日]冈本加乃子 著
解璞 主编 侯咏馨 译

北京时代华文书局

图书在版编目（CIP）数据

爱哟，爱 / 解璞主编 ；（日）冈本加乃子著 ；侯咏馨译. — 北京 ：北京时代华文书局，2021.12

ISBN 978-7-5699-4450-1

Ⅰ. ①爱… Ⅱ. ①解… ②冈… ③侯… Ⅲ. ①散文集－日本－现代 Ⅳ. ①I313.65

中国版本图书馆 CIP 数据核字（2021）第 221874 号

北京市版权局著作权合同登记号 图字：01-2021-4457

本书译文经北京阅享国际文化传媒有限公司独家代理，经好室书品策划由暖暖书屋文化事业股份有限公司授权使用。

爱哟，爱

AIYO AI

主　　编 | 解　璞
著　　者 | [日] 冈本加乃子
译　　者 | 侯咏馨

出 版 人 | 陈　涛
策划编辑 | 陈丽杰
责任编辑 | 田晓辰
执行编辑 | 来怡诺
责任校对 | 凤宝莲
封面设计 | RECNS recns@qq.com / 装帧设计
版式设计 | 段文辉
责任印制 | 訾　敬

出版发行 | 北京时代华文书局 http://www.bjsdsj.com.cn
北京市东城区安定门外大街 138 号皇城国际大厦 A 座 8 楼
邮编：100011　电话：010－64267120　64267397
印　　刷 | 河北京平诚乾印刷有限公司　电话：010-60247905
（如发现印装质量问题，请与印刷厂联系调换）
开　　本 | 880mm×1230mm　1/32　印　　张 | 7.75　字　　数 | 111 千字
版　　次 | 2022 年 4 月第 1 版　印　　次 | 2022 年 4 月第 1 次印刷
书　　号 | ISBN 978-7-5699-4450-1
定　　价 | 45.00 元

看见人生道路的光明

——话说冈本加乃子

冈本不只是少见的坚强的女性作家，她那丰富的艺术天分也是无人能及的。日本的女性文学家之中，她那纯粹的美、艺术性的激情，是应当受到重视的。最近她写了几部杰出的小说，每一部都超越了男性作家的境界。冈本身为作家的才能逐渐成熟，任何人都对她抱有敬畏之情，不知道她将成长到何种地步。

今井邦子，诗人、小说家

她这个人，兼具西洋和东洋的特质，也确实怀着颓废、虚无、怀疑等要素，她将这些理应是消极的要素，献给自己巨大且积极的生命，在她身上，我看见了属于我们人生道路的光明。

川端康成，小说家、评论家

在加乃子的小说中，能看到她的曲线、颜色、厚度、音调、眼睛移动的方式、言行举止，但是，当加乃子真的出现时，却无法一眼看透她，觉得好像了解了什么，又不怎么了解。

宫本百合子，小说家、评论家

在我所知的女性作家中，就只有她身上具有某种非凡的才能，不过，当那种非凡的才能开始慢慢展现在小说里时，她却不幸过世了，实在是令人惋惜。

小林秀雄，评论家、编辑、作家

被丈夫称为观音菩萨的日本女作家，只有冈本加乃子一个，而且她的儿子冈本太郎是以大阪世博会太阳塔闻名的艺术家。多么厉害！

新井一二三，作家、明治大学教授

冈本加乃子一家，包括丈夫一平、儿子太郎，在日本近代文化、文学、艺术史上都是值得深入探讨研究的。

林水福，作家、翻译家

从学语般和“你”——儿子、丈夫——的书信对话，到记录“我”的生活散文，到全知观看“她”的小说；冈本加乃子通过书写自己的身体情感，定义并捍卫女人的存在。

郭珍弟，导演

总序 『雕心镂魂』的异色经典

北京大学外国语学院日本语言文化系 解璞

潜藏于内心的幻想与憧憬，是现实背后更深层的“现实”，而这些不可见的“现实”，才是驱动外在现实的真正力量。

本次出版的“日本异色文学经典”这七本书的作者在初登文坛时几乎都是非主流作家，其中一些作家在死后才逐渐受到关注与好评。而如今，他们的创作已成为代表一个时代、一个流派的文学经典。

他们活跃的时代不同，面貌各异，但都不断探索着超自然、非理性的奇幻世界，最大限度地发掘出文字本身的灵性与美感。按年代顺序，他们依次为夏目漱石、泉镜花、小川未明、谷崎润一郎、冈本加乃子、梶井基次郎、织田作之助。前两位属于明治作家，包括泉镜花在内的中间三位作家跨越了明治、大正、昭和三个时代，最后三位则属于昭和作家。他们之间存在着不同程度的接点，特别是后六人几乎都与漱石有过交往或联系。

以下将他们的文学交往与创作特色连缀起来，简略绘制成一幅奇幻文学的地图。

“梦幻派”的漱石与镜花

评论家小山鼎浦曾谈到镜花与漱石本是面貌大相径庭的作家，但二者都具有“梦幻派”的特质。他在《神秘派、梦幻派与空灵派》一文中指出：“谈起梦幻派的特质，最为恰当的回答便是世间所谓的‘浪漫’一词。他们重视空想，重视情意，他们以超现实的联想唤起读者的兴致，让其翱翔于梦幻之地，深深地触及人生的真实，并在不经意间传达出沉痛的讯息——这便是梦幻派之本领，泉镜花与夏目漱石同为拥有这种不可思议的诗魂与文才之人。”他敬仰漱石的学殖，更希望读者去敬重他的诗魂，并高度评价了漱石的初期作品，敏锐地指出漱石与镜花各自的特色：

尽管文章（《漾虚集》里的作品）有长短巧拙之差异，但贯穿着同样的色彩，光辉炫目。他的情调不像镜花那般浓艳、那般富丽，而是带着简素之色、蕴含闲寂之韵，这应是其自身俳趣的流露。他独特的幽默或许也源于其长期以来俳句趣味的修养。总之，尽管镜花与他有所不同，但他们都或追求空想，或追溯直觉，在现实之中看到奇异，在梦幻之间看到真实。在这一点上，他们的确堪称同类作家。镜花与漱石，虽然其才有高下之差，但都具有优秀的诗魂……我们深切希望这些梦幻派的佼佼者不要做无益的滥作，愿他们建造雕心镂魂的纪念堂……

这是漱石初登文坛约一年半后获得的评价。与《我是猫》摹写现实、批评现世的笔法不同，《漾虚集》等作品在现实与幻想中往复，与此后的《梦十夜》《永日小品》等短篇共同构成漱石文学的“低音部”（评论家江藤淳）。漱石将《我是猫》与《漾虚集》的创作戏称为“写信”与“写诗”，后者更耗费劳力（1905年12月3日致好友高滨虚子的书信）。可见，以上称赞漱石与镜花文学是“雕心镂魂的纪念堂”等评价，所言不虚。

从年龄来看，漱石的参照对象本不应该是泉镜花，而应该是其老师尾崎红叶。漱石比尾崎红叶年长约一岁，但红叶却比漱石早两年考入东京帝国大学（今东京大学）。此后，红叶从国文系退学，1885年与幸田露伴共同创立“砚友社”，开启了文坛的“红露时代”，成为拟古典派文学的大家。1897年发表代表作《金色夜叉》，更是风靡一时。漱石之妻夏目镜子在《追忆漱石》里谈到，漱石读过《金色夜叉》后不服气地说道：“你看着吧！这种小说，连我也能写！”

1903年，漱石从英国留学归国后不久，年仅35岁的“砚友社”盟主尾崎红叶因胃癌去世。1904年12

月，漱石应高滨虚子之邀，开始创作写生文，1905年从1月到11月连续发表包括《我是猫》（第一回）、《伦敦塔》、《卡莱尔博物馆》、《幻影之盾》、《琴之空音》、《一夜》、《薤露行》等七篇小说。漱石这样文思泉涌、不知疲倦的创作中也有些试图超越尾崎红叶的意志吧。

尾崎红叶最器重的弟子就是泉镜花。红叶的父亲为著名象牙雕刻师，镜花的父亲也是雕金与象牙的工匠，母亲则出身于能乐世家。二人对文学创作的态度也如雕刻工匠一般，到了“雕心镂魂”的程度。相似的家世背景与艺术气质，让师徒二人虽相差五岁，却情同父子。这一关系后来也投影于泉镜花的创作中，让其在女性与父权之间挣扎摇摆。

泉镜花比漱石小六岁，从文坛资历来看，他却比漱石早近十年。二人之间也存在有趣的交流。例如，1905年漱石在《我是猫》里借用了泉镜花的《银诗笺》，对其作品颇为赞赏。泉镜花在1917年追悼漱石的文章里，也谈到1909年二人初次见面的情形。当时，漱石已是《朝日新闻》的专职作家，收入颇丰；泉镜花虽为流行作家，收入却不稳定。1909年，漱石在写完《后来的事》以后，便准备去中国与朝鲜旅行。为补空当，他将《朝日新闻》的小说连载暂时拜托给泉镜花，这便有了此后的《白鹭》（1909年10月—12月）。就在8月漱石即将起程前，泉镜花突然拜访漱石，请求预支稿费。他这样回忆当时的情景：

（漱石）看上去十分忙碌，但我们聊得却很从容。因为他是江户儿，也不会絮叨；我说一半话，他便明白了，真是干脆利落……在亲切之中自然流露出高雅的品格，虽让人感到不必客气，却又不失礼。我与他对坐着，就仿佛忘记暑热一般，真是清爽洁净之人……我平时就非常喜欢夏目先生的、那个夏目金之助的字，字的形、字的姿态、音与音的声响。夏目先生、金之助先生。虽然有些失礼，还想叫您一声：阿金！真是难免让我这旁人恋慕啊！

二人见面或许仅此一次，但初次见面便能够做到“我说一半话，他便明白了”，而且这话题还是关于借钱的事。无论是坦率求人的镜花，还是爽快答应的漱石，都堪称“清爽洁净”，由此可见他们互相欣赏、意气相投的愉快往来。

这与泉镜花和谷崎润一郎的交往形成有趣的对照。讲究洁净的泉镜花与不拘小节的谷崎润一郎气质相差甚远，却更为亲近。前者对文字与食物都有洁癖，后者却是酷爱享乐的美食家。传说泉镜花有“言灵”信仰：他创作前要在稿纸上洒清水，还把“豆腐”的“腐”字写作“府”等。小林秀雄也指出：“对文字力量的彻底信仰，成为泉镜花的最大特色。文章是这位作家唯一的神。”另外，因为他在30岁前后患过痢疾，对食物也有洁癖。一次，他与谷崎润一郎同吃火锅，由于等待食物熟透才肯吃，结果鸡肉被对方抢先吃掉，让他不得不在火锅里划分“领地”。这样的趣闻侧面反映了二人交情甚佳，也反映了二者对待文学与生命的不同态度。

谷崎、镜花笔下的女性美

谷崎润一郎在追悼泉镜花的文章《纯粹“日本式”的“镜花世界”》中谈道：“晚年的镜花先生难免有落后于时代之感……但在他已故去的今天，他的著作却又增添了历史意义，焕发出古典文学的光彩。我们应该像读近松与西鹤的作品那样，从与之相同的眼光去窥探这位跨越明治、大正、昭和三代的伟大作家的独特世界。”他指出“镜花世界”的特色在于：尽管描绘异常的事物，却无病态之感，“有时候看似神秘、奇异、缥缈，但在本质上，他是明朗、艳丽、优美，甚至是天真烂漫的”。

谷崎润一郎对泉镜花的评价标准，在某种程度上也适用于他自己的创作。二人都在描绘女性美方面独树一帜。在镜花的《天守物语》里，美与妖异得以绝妙融合，剧本的长台词充满有力的节奏感与丰富的意象。女作家长谷川时雨在《水色情绪》里评价泉镜花说：“我喜欢镜花先生的作品是因为它们可以让我的灵魂脱离身体，飞到莫须有之乡。我们心中感到却无法做到的很多事情，先生作品中的人物都能够轻易做到……”可以说，镜花文学通过意象美与音韵美唤起了日本读者的集体潜意识，其笔下的女性通常是通过视觉与听觉去感受的。

与此相对，谷崎润一郎作品中的视觉往往被抑制，作品里的女性更多是通过触觉、听觉，甚至味觉等去感知的。《盲目物语》着力描绘了盲人对女性身体的触觉与自己精妙的歌声，而作品在其歌声里也融入了多样的官能美：

你呀你
是霜是霰还是初雪呢？
在寒冷彻骨的夜里
消逝无踪……
若送你腰带
可别怪我送系过的腰带
腰带啊，系着系着
宛如你的肌肤

比起视觉美，谷崎文学更着力描绘触觉、听觉、味觉等。男性人物往往在盲目以后、在阴翳之中，才终于体味到肌肤的柔润、声音的美妙等女性特有的美与生命力。此外，泉镜花与谷崎润一郎都继承了日本古典文学的精髓，并让其焕发出新的光彩。例如，《痴人之爱》中的女主人公虽然有着西洋式的名字与容貌，但其人物关系的本质却更接近《源氏物语》的“好色”传统。《痴人之爱》《刺青》《春琴抄》等作品里反复出现同一主题：女性经历深刻的疼痛，获得美的力量，成为让男性跪拜的残忍女神。在谷崎文学中，女、性、美的绝对力量成为潜藏于现实背后的驱动力，升华为男性的宗教信仰。

比起明亮，更爱阴翳；比起震灾后的关东，更爱美食丰富的关西；比起父权，更崇尚母性的力量——这样的谷崎文学，与漱石文学一起对此后的文坛也产生了巨大影响。

梶井：交织的身心感觉

关西出身的梶井基次郎在给朋友的书信中，曾经自称“梶井漱石”“梶井润一郎”。在《K的升天——或K的溺死》的结尾，K的身体被海浪推来推去，而他的灵魂则“向月亮飞翔而去”。K、影子、月亮、双重人格等主题，与漱石文学一脉相承。《黑暗的画卷》对比了自然与人类都市的夜晚，与“有点儿肮脏”的都市夜晚流转的电灯光相比，作者更愿意沉浸在黑暗里深邃的安心中。这也继承了谷崎润一郎的文学主题。

在梶井基次郎的文学作品中，比起具体人物与现实事件，更多的是敏锐的感受力与丰富的意象。视觉、触觉、味觉等相通的身体感觉，以及由此引发的心理状态，成为其文学作品的魅力之一。

织田、冈本：市井之间的夫妇之爱

同为关西作家的织田作之助，通过描绘大阪的庶民世界，刻画了市井之间的夫妇之爱，凸显了女性作为妻子与母亲的宽容坚韧的力量。与父权强势的关东相对，在关西，母性力量更为强大，丈夫往往成为随波逐流的“烂好人”。这样的关西风土与井原西鹤等江户时代的文学传统一起融入了织田作之助的文学创作中。

同样写夫妻关系，冈本加乃子更加“非典型”。在《爱家促进法》的一开篇，她便写道：

我从不认为我们是夫妻关系。

我觉得我们是同住在一个屋檐下，相亲相爱又相怜的两个人。同时，我深刻体会到我们两人的缘分深厚，竟能征服人类与生俱来容易厌腻的本能，长期同居在一起。我深信缘分十分崇高，是一件极为重要的事物。在这段缘分中，自然会产生温柔而深切的爱情……

我们是无法用任何形容词形容的两人，怀着至高无上的信赖、哀乐及相怜，共同生活在一起……

这样“不分性别”的男女之爱，频频出现在她的作品里。例如，在《冈本一平论——在父母之前祈祷》中，她谈到自己的丈夫：“传说中，他谈了一场热烈的恋爱才结婚，坦白说，他并没把妻子当成女性看待，只不过是因为‘这个人’正好符合他当时的眼光，同时，跟她有一段难解的缘分，才会在偶然之下结婚的。”冈本加乃子看待夫妻之爱的态度，让人联想到漱石《门》中的夫妇与宗教救赎。这些作品间的影响尚未考证，但加乃子的丈夫冈本一平的确在《朝日新闻》上为漱石的名作《后来的事》（《门》的前篇）画插图，并获得好评。与《门》中的宗助与阿米相似，冈本一平与冈本加乃子夫妇也在经历放浪生活与丧子之痛后，在宗教中寻求到了慰藉。冈本加乃子的文学创作集中在其生命的最后三年，是处于文坛边缘的作家。但她对“永恒的生命”“极度的真理”的思考有着不亚于漱石与森鸥外等文豪的深刻，至今读来仍然是新鲜而独特的。

小川未明：幻想的童话

在日本文坛，小川未明也是独特的存在。他创作充满幻想的童话，描绘的却是幻想背后比现实更真实、更清醒的“现实”。小川未明在追悼漱石的《新浪漫主义的第一人》一文中也阐述了这一观点：

仅现于外部形式的现实，并不是现实的全部。我们生活中产生的幻想、想象、憧憬，当然也是现实。然而当时，在自然主义蓬勃兴起的时期，已经自成一家的众多文人轻易地丢弃了自己的主张与主义，立刻去迎合自然主义。其中，还有人宣告自己之前的态度是错误的，甚至有人认为，如果不自称是自然主义作家就会感到羞耻。在这样的时代，漱石一直坚持着自家的主义主张。当时的批评家曾经嘲笑他的低徊趣味，但他的趣味当然不仅仅是一种古董趣味。这所谓的低徊趣味之中，存在着细细品味人生的深刻思考——这是自不待言的，而且其作品里还存在着浪漫派无限优美的情操……

在小川未明看来，“仅现于外部形式的现实，并不是现实的全部。我们生活中产生的幻想、想象、憧憬，当然也是现实”。他在《红蜡烛与人鱼》《牛女》《金环》《野蔷薇》等作品里描绘了似曾相识的人物与意象，却留下忧伤而发人深省的意外结局。这些童话适合讲给孩子听，更适合大人阅读。它们会唤起读者记忆深处、令人怀恋的原风景，也提醒读者重新思考眼前的现实生活，重新珍视生命本身的价值。

夏目漱石的神秘异域、泉镜花的灵性幻境、谷崎润一郎的嗜虐耽美、梶井基次郎的月下分身、冈本加乃子的宗教信仰、织田作之助的庶民世界、小川未明的大人童话……都是潜藏于内心的幻想与憧憬，也都是现实背后更深层的“现实”。这些不可见的“现实”，才是驱动外在现实的真正力量。

【参考文献】（按文中出现的顺序）

1.小山鼎浦:「神秘派と夢幻派と空霊派と」,载平岡敏夫編『夏目漱石研究資料集成』第1巻(東京: 日本図書センター, 1991)。
2.江藤淳:『漱石とその時代』, 東京: 新潮社, 1991。
3.夏目漱石:『漱石全集』第22巻『書簡　上』。東京: 岩波書店,2004。
4.夏目鏡子著、松岡譲筆録:『漱石の思ひ出』。東京: 角川書店,1979。
5.泉鏡花:「夏目さん」,载平岡敏夫編『夏目漱石研究資料集成』第3巻(東京: 日本図書センター, 1991)。
6.小林秀雄:「鏡花の死其他」,载『別冊現代詩手帖　泉鏡花: 妖美と幻想の魔術師』第1巻第1号,1972年1月。
7.谷崎潤一郎:「純粋に『日本的』な『鏡花世界』」,载『別冊現代詩手帖　泉鏡花: 妖美と幻想の魔術師』第1巻第1号,1972年1月。
8.長谷川時雨:「水色情緒」,载『別冊現代詩手帖　泉鏡花: 奺美と幻想の魔術師』第1巻第1号,1972年1月。
9.小川未明:「新ロマンチシズムの第一人者」,载平岡敏夫編『夏目漱石研究資料集成』第3巻(東京: 日本図書センター, 1991)。
10.「泉鏡花が自ら明かした妙な癖とは」https://serai.jp/hobby/222963

背着三个驼峰前行

——冈本加乃子小传与重要著作年表

冈本加乃子，本名加乃，1889年3月1日出生于富商大贯家位于现在东京港区的别邸。因为属于腺病质的体格，她五岁离开父母，回到现在川崎市高津区的大贯家本邸，在本邸接受保姆的照料。保姆学识丰富，加乃子在她的教育之下，学习了音乐、日本舞，以及《古今和歌集》《万叶集》《源氏物语》等文学作品。

加乃子的二哥大贯雪之助（号晶川）对文学有相当的热忱，加乃子也因此深受影响。加乃子曾称自己是三个驼峰的骆驼："短歌、小说、宗教……我想趁自己还不觉得冲突时，背着三个驼峰前行。"短歌、小说、宗教互有关联，难以分舍，但加乃子最早闻名于世的，是她的短歌。

1906年，加乃子与哥哥到千驮谷拜访与谢野晶子，加入了“新诗社”，并在杂志《明星》《昴》上发表短歌，之后也出版了多部短歌集。

1910年，加乃子与当时就读于美术学校的冈本一平结婚，隔年生下长子太郎。由于双方都是艺术家的性格，相处上多有摩擦，加上大贯家濒临破产，二哥、母亲的过世，一平的挥霍放荡，以及长女、次子的夭折，导致加乃子在这段时间精神上出现问题。1917年，加乃子和一平为寻求精神慰藉而接触宗教。最后，加乃子为亲鸾的《叹异抄》所感动，便倾心佛教，佛教开始成为加乃子生活的支柱。

1923年，加乃子和一平、太郎到镰仓避暑。在旅馆时，住在隔壁房间的刚好就是芥川龙之介。此时身为诗人的加乃子已有一定的地位，不过，她仍努力以小说家的身份站上文坛。而芥川龙之介此时早已是著名的作家，加乃子对芥川怀着崇拜与憧憬，同时也抱着挫折感，以及竞争意识。虽然与芥川相处只有二十来天，但加乃子凭借对芥川深刻的印象，写下了实质上的文坛处女作《病鹤》，其主角的原型就是芥川，并在川端康成的介绍下，将之发表于1936年的《文学界》。后续其他著作还有《母子叙情》《金鱼缭乱》《老妓抄》等等。

1939年2月18日，冈本加乃子因脑出血过世。同年4月，遗稿《明亮的河》《生生流转》分别于《中央公论》和《文学界》上连载。

冈本加乃子小传与重要著作年表

年份	年龄	生平	重要著作
1889年	0岁	3月1日出生于东京市赤坂区青山南町（现港区）。	
1894年	5岁	因腺病质体格与父母分居，受亲戚养育。	
1896年	7岁	4月，于寻常高等第二小学校入学，再次与父母同居。这时期开始接触短歌。	
1897年	8岁	因眼疾而休学，精神亢奋时视力会衰弱，此为腺病质体格特有的症状，加乃子为此困扰多年。	
1902年	13岁	12月，于迹见女学校入学。在寄宿生活中，由于沉默又内向的个性，加乃子被称作“青蛙”。	
1906年	17岁	此时认识谷崎润一郎。7月，加入“新诗社”。于《明星》上发表短歌，署名大贯可能子。	

续表

年份	年龄	生平	重要著作
1909年	20岁	10月，于《昴》上发表短歌，署名大贯加乃子。秋天与冈本一平第一次相遇。	
1910年	21岁	加乃子与一平结婚，8月入籍。	
1911年	22岁	长子太郎出生。大贯家濒临破产。	
1912年	23岁	一平成为《朝日新闻》的员工，薪水增多，却过上了放荡挥霍的生活，婚姻关系面临危机。11月，二哥雪之助过世。12月，歌集《轻妒》刊行。	歌集《轻妒》
1913年	24岁	1月，母亲过世。8月，长女礼子出生。	
1914年	25岁	4月，礼子过世。	
1915年	26岁	1月，次子健二郎出生。7月，健二郎过世。	
1917年	28岁	加乃子与一平共同拜访植村正久，接受圣经讲义。这时期，加乃子发誓此生要与一平断绝夫妇关系。	
1918年	29岁		歌集《爱的烦恼》
1919年	30岁	2月，于《解放》上发表第一部小说《茅的身世》。这一年得到川端康成的知遇之恩，并曾与宫本百合子见面。	《茅的身世》
1920年	31岁	受到亲鸾《叹异抄》感动，倾心于佛教。	
1923年	34岁	7月末，与芥川龙之介相识。	
1925年	36岁		歌集《浴身》
1929年	40岁	5月，《散华抄》刊行。12月，歌集《我的最终歌集》刊行。	《散华抄》 歌集《我的最终歌集》

续表

年份	年龄	生平	重要著作
1934年	45岁	这一年，加乃子经常到各大学的佛教研究会以及其他各地演讲，成为“佛教界的大明星”。9月，第一本随笔集《加乃子抄》刊行。	《观音经·附法华经》 《佛教读本》 随笔集 《加乃子抄》
1936年	47岁	6月，于《文学界》发表小说处女作《病鹤》。9月，于《文艺》上发表《混沌未分》。	《病鹤》 《混沌未分》
1937年	48岁	3月，于《文学界》上发表《母子叙情》。6月，于《文艺春秋》上发表《花劲》。10月，于《中央公论》上发表《金鱼缭乱》。	《母子叙情》 《花劲》 《过去世》 《金鱼缭乱》
1938年	49岁	7月，于《文学界》上发表《巴里祭》。11月，于《中央公论》上发表《老妓抄》。	《巴里祭》 《老妓抄》
1939年	50岁	2月18日，因脑出血过世。4月，遗稿《明亮的河》《生生流转》分别于《中央公论》和《文学界》上连载。	《家灵》 《明亮的河》 《生生流转》

参考资料：

1. 岡本加乃子維基百科（日文）：https://ja.wikipedia.org/wiki/岡本かの子

2. 熊坂敦子，《岡本かの子》，東京：新潮社，一九九四年

导读　神话般的一生：冈本加乃子

淡江大学日本文学系副教授　李文茹

“源泉之女”“观世音菩萨”“生命之女”。

——冈本一平

冈本加乃子（1889—1939，享年50岁）是日本近代女性文学代表作家之一。对家长制思想浓厚的时代或是社会来说，无论是冈本加乃子现实经营的“家庭”生活或是她所描绘的都会女性等，都提供了不同的思维角度来反思属于个人或是家庭的“亲密关系”。女性所扮演的女儿、妻子、母亲等社会角色，远比社会规范制定的形态更多元。冈本加乃子透过实际的人生与写作，诉说着追求“丰富的生命力”的力量，以及如何追求向往“崇高生命”的人生。

冈本加乃子本名加乃（かの），出生于1889年3月，是富豪商人大贯家的长女。年幼因为体弱多病，所以从小离开父母由保姆抚养长大。在保姆的教养之下，加乃子从孩提时开始接触文学，例如阅读《源氏物语》，学习汉文、短歌等。当时大户人家要求女性应具备的插花、茶道、女红、烹饪等才艺，对加乃子来说既不擅长也不感兴趣，这让她常被重视门面的亲戚们数落。加乃子的双亲对自己的女儿有相当的理解力与包容力。面对亲戚们的数落，加乃子的母亲会说：“我的孩子喜欢学其他的学问，她所弹出来的琴色与众不同，还有着难能可贵的纯真率直的个性。”对女儿有相当理解力与包容力的这对父母只盼女儿能教琴，平淡度日，也未曾要她进入婚姻。兄长大贯晶川是启发加乃子文学创作之路的关键人物之一，因晶川的关系，当时著名的文人常在大贯家进出，例如谷崎润一郎等。加乃子就读迹见女学校时就开始向文艺杂志、报纸投稿，即便评价欠佳，但依然持续写作、投稿。通过与女性短歌诗人与谢野晶子的交流，加乃子开始在与谢野夫妇创办的《明星》《昴》等短歌杂志上发表新体诗和短歌等作品。

夫婿冈本一平年长加乃子两岁，在北海道函馆出生，三岁时全家移居东京，七岁时开始学习狩野派[①]的日本画，一平于大手町商工中学毕业后拜入日本画家武内桂舟门下学画，1910年从东京美术学校西洋画科毕业。与加乃子相遇时，一平是沉浸在艺术世界的美男子画家，拒绝父亲强制安排的工作，一心向往艺术之路。从朋友那里耳闻有位文学少女同时被三个画家追求时，向来游走异性间的一平燃起挑战之心。原本抱着“都市潇洒男孩绝不可能迷恋上乡下土包子女学生想法”的他，无法料及自己在第二次与加乃子见面时就敞开心房落泪，在他身旁措手不及、一头雾水的加乃子也伴随而泣。

① 日本著名的宗族画派，其画风是在15—19世纪发展起来的，作风粗犷是其主要特征。

两人相遇时正值日本弥漫自然主义风潮，将“性”或是不为人知的隐私等被普遍认为要关起门来谈的个人私事摊在阳光下的创作成为时代风潮。加乃子对一平提到，自己只想弹琴过日子，两人保持像朋友般的柏拉图式交往就好。这番话让一平更坚决地要终生爱惜这个纯真的、傻里傻气的女孩，并娶之为妻，让这朵花绚丽灿烂地绽放。两人在1910年一平美术大学毕业那年完婚。20世纪20年代，一平设置“一平塾”，培养出近藤日出造、杉浦幸雄、清水昆、矢崎茂等人，这些门生于1932年结成“新漫画派集团”后，一平便从漫画界引退。夏目漱石曾表示，一般画家看到题材立刻动笔，但一平的作品一定会附有解说文章且内容引人入胜，有时令人觉得文章胜于画作。一平与文学界的交流还有擅长写作的能力，让他能在加乃子的生命与创作生涯中维持亦师亦友的“家人”关系（与一平间的关系，加乃子对“夫妇”这词抱有另外解释）。

婚后，婆媳问题让两人搬离一平家，1911年2月长子太郎诞生后，一家人移居到青山画廊附近的二楼。1912年通过夏目漱石的介绍，一平为连载在《朝日新闻》的夏目小说《以后》创作插画，之后创作的讽刺漫画也备受好评，但他豪放不羁的个性将所有收入挥霍而尽，也让夫妇关系逐渐变淡。加乃子甚至曾因为饿过头而恍惚地跟太郎说："有机会我俩同游巴黎，坐在马车上游览香榭大道。"1914年，长期穷困的生活再加上长年支持自己文学志向的兄长、母亲相继去世，大贯家破产等因素，加乃子在长女出生后曾一度因为严重的精神衰弱而住院疗养。到处挥霍放荡的一平在太郎之后的孩子们相继夭折后，开始意识到家庭的重要性，但却已无法挽回原有的家庭生活。一平让爱慕加乃子的早稻田大学学生堀切茂雄搬进家中共同生活，加乃子"多情女"的生活就此展开，加乃子曾产下堀切之子却不幸夭折，两人维持七年的关系结束后，加乃子再交往的医生也住进一平家里。

放荡生活与幼子夭折的经历，让一平与加乃子开始将心灵寄托于宗教，《叹异抄》开启了两人钻研各派佛教来探索独自的生命哲学之门。加乃子在第二本歌集《爱的烦恼》（1918年）出版后的十多年时间里，以佛教思想家、诗人等身份活跃于宗教、文艺界，宗教相关著作有《散华抄》（1929年）、《观音经·附法华经》（1934年）、《佛教读本》（1934年）等。这时期加乃子也开始进行戏曲与小说的创作。在第三本歌集《浴身》（1925年）、第四本歌集《我的最终歌集》（1929年）发表后，正式走向小说家之路。

1929年12月，冈本全家实现同游欧洲的愿望，这是一平送给向往巴黎的加乃子的礼物，同时也是满十八岁的太郎到艺术之都的求学之旅的开始。旅程结束后，加乃子独自旅居伦敦、柏林等地，1932年经由美国回到日本。这段时间她仍接受佛教演说的邀约或是发表佛教作品等。1936年加乃子发表以描写芥川龙之介为主题的小说《病鹤》（1936年）后正式进入文坛。大正末年，加乃子因缘际会之下认识了川端康成并开始接受其写作指导，与芥川的相识正是通过川端的介绍。

1937年，描述母亲对儿子思念情怀的《母子叙情》发表后大受好评，此后在为期不算长的人生里，加乃子陆陆续续发表了重要的作品，例如《花劲》《过去世》《金鱼缭乱》（以上皆为1937年的作品）等。描写老艺伎与渴望成为富豪发明家的年轻男子之间情事的名作《老妓抄》（1938年）、《家灵》（1939年）也发表在这个时期。这些作品通过不同年龄、阶层女性的恋爱来描写职业妇女在女儿、妻子、母亲、恋人等身份下的各种处境与遭遇。

加乃子于1938年突发脑出血，一平与当时的同居人新田龟三虽然尽心看护，但未能胜天，1939年2月18日加乃子在东京帝国大学附属医院小石川分院永眠。《明亮的河》（1939年）、《生生流转》（1939年）、《女体开显》（1940年）等作品于此后陆续问世。加乃子文艺路上的益友也是心灵寄托的一平，两年后再婚育有四子，1948年去世。1974年至1978年《冈本加乃子全集》（共十五册、补卷一册、别卷二册）由冬树社发行，筑摩文库也于1994年出版《冈本加乃子全集》（共十二册）。关于加乃子的生平也可参照一平与太郎共同著作的《冈本加乃子的世界》（1976年）。

冈本太郎（1911—1996，享寿84岁）是促成母子私小说诞生的主角。

大阪地标之一的“太阳塔”，是1970年在大阪举办万国博览会时所建造的象征性建筑，在博览会结束后也被列为永久保存的对象。“太阳塔”的作者冈本太郎是加乃子之子，身为艺术家的太郎曾经两次接受由法国政府颁发的“艺术文化勋章”。与“太阳塔”同样被认为是太郎最高杰作之一的作品，还包含反映原子弹爆开瞬间的《明日之神话》。这幅作品是受旅居日本的墨西哥实业家的委托，准备作为壁画放置在墨西哥城内的饭店中，但饭店最后未能完工，在饭店所有权陆陆续续的转手之下，作品曾一度不知去向。2003年这幅作品在墨西哥被发现时损伤严重，经过修复后，2006年7月首次对外开放展出，据说五十天之内涌进二百万人入场观看。从2008年开始，在东京都的京王井之头线涩谷站转乘JR涉谷站的连接通道上可以看到这幅作品。

从小阅读德国哲学家亚瑟·叔本华（Arthur Schopenhauer）的太郎很早就开始与父亲探讨哲学、

艺术等议题。加乃子在“多情女”的生活中，每当遇到感情烦恼也会向太郎倾诉。在相处自然、彼此不隐瞒的家庭环境中成长的太郎，就学后对于凡事按照规矩、一板一眼的校园生活备感格格不入，小学一年级就转学四次。在太郎关于母亲的回忆里，有则广为人知的故事：年幼时，母亲总是坐在面向庭院的书桌前写东西，自己无论如何大吵大闹大叫，母亲也一概不理，当他试着爬到妈妈背上时，加乃子会反过来用背婴袋将太郎捆起来或是绑在桌子上，此时光着身子的太郎像小狗般趴在地上遥望母亲的背影。太郎出生后的隔年，加乃子首部歌集《轻妒》（1912年）问世，这时期加乃子正全心全意地沉浸在短歌的世界中。

加乃子回国后，对于远在他乡的儿子的思念逐日加深，这份情感在加乃子纯真、自然的个性下大大绽放。与太郎之间来往的书信，在一平协助下更是开启了加乃子的作家之路。在《写给巴黎的儿子》《写给一平》等作品当中，都可以看到加乃子通过将母爱与异性爱融合的方式，来描写一对艺术家母子最后如何接受彼此皆为独立个体，以及成为独当一面的艺术家。

东京二子桥附近的“冈本加乃子文学碑”取名“骄傲”，是由川崎市及日本全国喜爱加乃子的文学爱好者集资所建。石碑上刻有“将这荣耀献给一平与加乃子　太郎”，一旁写有出自《老妓抄》的诗句“としとしにわが悲しみは深くしていよよ华やぐいのちなりけり”（衰老一年年加深了我的伤感，而我的生命却更加繁华璀璨）。这句话被认为象征了加乃子晚年的情怀。在东急田园都市线“二子新地”车站下车，步行三分钟即可见到冈本加乃子文学碑。

此外，位于东京都青山的冈本太郎纪念馆是一平留下来的房屋。原东京都青山高树町三番地的房屋，毁于战火之中。太郎在这栋建筑中生活了五十年，纪念馆中设有“母之塔”以纪念加乃子。

目录

第一辑　艺术家庭

第二辑　味觉憧憬

第一辑

艺术家庭

爱家促进法——非典型

我觉得我们是同住在一个屋檐下、相亲相爱又相怜的两个人。同时，我深刻体会到我们两人的缘分深厚，竟能征服人类与生俱来容易喜新厌旧的本能，长期同居在一起。我深信缘分十分崇高，是一件极为重要的事物。在这段缘分中，自然会产生温柔而深切的爱情。

我从不认为我们是夫妻关系。

我觉得我们是同住在一个屋檐下、相亲相爱又相怜的两个人。同时，我深刻体会到我们两人的缘分深厚，竟能征服人类与生俱来容易喜新厌旧的本能，长期同居在一起。我深信缘分十分崇高，是一件极为重要的事物。在这段缘分中，自然会产生温柔而深切的爱情。

我与我的同居人，只要拥有某个共同的信念，就都会成为温顺的人，将生活意识及情操归于一致。（因此，过去尚未建立信念之时，双方或多或少都有散漫的地方。）

有人称我们为“夫妻”的时候，我都会有一种惊讶的怪异感觉。要说我们不是“夫妻”，又有点儿虚伪，不过，除了这个说法，似乎再也找不到更贴切的说法了。硬要说的话，我们是无法用任何形容词形容的两人，怀着至高无上的信赖及怜悯，共同生活在一起……

既然我们抱着同样的感情及生活意识，在一起生活，那么我们吃同样的食品，看同一个地方，尽可能住在一个屋檐下，也是很正常的事情。

“他们感情真好。”

“他们总是一起出门。”

“感情好得出奇。”

即使有人语带讽刺，我也不在乎。

“他们是互相关怀的同居人。”

“他们是同居人的典范。”

就算有人这么夸我，我也觉得理所当然。

因为我们不想跟世间的一般人比，我们只想抱着我们的信念往前走。

“加乃子是个千金大小姐，一平先生不在身旁照顾，她就出不了门，所以老是叫他同行。”

就算有人这么说，我也不会说他乱讲。不过，坦白说，我在家也会做一些类似一平的用人的工作。

我的部分生活经历让我明确感受到一件事，要是双方不能适度地照顾对方、彼此相助，反而不能维持双方的亲密关系。

那些会消耗自己宝贵生命力的事物，不可能会让我们留下真正的爱意。老公本身的工作其实相当忙碌，即使偶尔觉得麻烦，老公还是会为了我空出一些闲暇时间（之前已经请他带我外出，目前想不到什么其他的要求）。由于已经养成习惯，他自然会觉得那是偶尔为我付出的劳力。

原本我就不太擅长做家事，但仍然空出自己的研究时间，努力做好家事，因为我觉得老是让别人帮忙，实在很不好意思。后来，即使是拥有相似信念、感情亲密的同居人，我那细微观察及评论的习惯也不曾衰退。那绝对不是出于为求结果、精打细算的下流念头，也不是容许自己自私自利地隐瞒自己的借口，更不是想让自己真正亲爱之人的心灵停滞不前的任性之举，这是一份真正睿智的爱情工作。偶尔会发脾气，也难免憎恶对方，但这并不是私情的憎恶及愤怒。（当我为了私情生气、憎恶之时，我会立刻感到羞愧，然后恭敬地向对方道歉，恭敬地行礼，主动地说上八千回：“我错了，请原谅我。”）

好像也有人在问我对小孩的态度。孩子与我之间，我也抱着同样的想法。我经常通过吟诗来表现我的看法。

厉声训斥吾之子，来日方为好男儿。

虽然这首诗写得不好，却是我教训孩子的心情。

今生母子情缘深，相聚时光却短暂。
女子无才便是德，愿子谅解慈母心。

跟孩子玩传接球的时候，孩子会像小狗似的，钻进檐廊底下找球，偶尔我也会缝补沾满泥巴的破袜子。不过我也会叫孩子帮我把木屐排列整齐，也会叫他去寄信。有时是我唠叨，有时是孩子有意见。

对保姆也是一样。当她太多嘴的时候，我不会出言发表意见，只会板着脸，无声地训诫她。不过，若我得知是我误会她，或是教训过了头，我会立刻开口说“害你难过了”或“抱歉”。

这些都不是为求家庭圆满、有心打造和乐家庭的计划。我只是出于我的人生信念以及性格上的洁癖，不得不这样对待我的家人。近年来，就连容易暴躁、在其他地方根本待不住的保姆，在我家都待了很多年。

总之，经常鞭策我那颗贪图懒散的心，让我过着超越自己的偏好、洁癖及信念的生活，偶尔得到圆满家庭的好评，只不过是无意识之下产生的结果罢了。我绝对不敢擅自妄想，希望别人为我贴上这样的标签，只是因为难以推辞这个问题，只好简略地回复。

冈本一平论——在父母之前祈祷

传说中，他谈了一场轰轰烈烈的恋爱才结婚，坦白说，他并没把妻子当成女性看待，只不过是因为『这个人』正好符合他当时的眼光，同时跟他有一段难解的缘分，才会在偶然之下结婚。

“您府上的先生，画的画很有趣呢。想必您府上平常一定热闹非凡，笑声不绝于耳吧。”

经常有人对我说这些话。

“没有啦，才没这回事呢。”

这时，我只会暧昧地回答一些不着边际的话，心想这个人的误会可大了。我们家当然还是有不少欢笑、热闹的时候。

不过，我的老公一平在家里通常沉默寡言，一脸忧郁。他老是说，这股忧郁是他与生俱来的，来自他对今生的虚无思想。

以前，他的虚无思想化为他颓废的放荡生活，于是，他有相当利己的一面。

后来，亲戚不再理他，妻子企图背叛爱情，使他饱尝痛苦及辛酸。

当时，他最爱看三马①及绿雨②的书，也会读独步③或漱石④。

至于喝酒，每天都要喝一升⑤以上，香烟则是每天都要抽上三四包刺激性强的卷烟，他完全地、彻底地沉醉于嗜好之中。

关于饮食方面，他喜欢老街的传统风味，偶尔也会乱吃一通，爱吃零食。

工作方面，深夜似乎比白天更顺利，几乎每天晚上都熬夜工作。白天通常都在睡觉，或是外出。

不过，在这样随心所欲、利己的生活之中，人们仍然认为他是一个个性善良、值得怜爱与尊敬的人。

---

① 三马指式亭三马，江户时代的大众文学作家。

② 绿雨指斋藤绿雨，明治时代的小说家。

③ 独步指国木田独步，小说家，代表作《武藏野》。

④ 漱石指夏目漱石，代表作《我是猫》《心》。

⑤ 约 1000 毫升。

这四五年来，他完全成了一名宗教信仰者。

刚开始，他是个热忱的基督徒。不过，受到托尔斯泰等人的感召，他不再接近教会及牧师。一旦他热衷于某件事，他就会忘记自己的本业，只顾着深入钻研那件事。他热爱的书籍已经换成《圣经》和东西方圣人的著作以及宗教文学了。同时，之前的豪饮、抽烟也全都戒了，他放荡的颓废生活有了一百八十度的转变，过上了日夜祈祷的生活。

当时，他的态度宛如有生以来第一次发现自己人生中的一大宝玉似的，陷入无上欢喜的热情中。他思慕不已地呼唤基督之名，宛如呼唤他的亲朋好友或兄弟。有一回，他前往断绝往来已久的父母家里，突然下跪，恭敬地在双亲面前祈祷，反而把父母吓了一跳。此外，他贴身戴着一串不晓得是谁送的、天主教僧侣戴过的念珠，上面还挂着一个基督被钉在十字架上的小铜像。

他是天真无邪的利己主义者，这时首次出现谁看了都觉得可悲的利他倾向。

不久，他开始接触大乘佛教，这时，他的喜悦再次出现飞跃性的发展。其后，他虽未远离基督教，不过，比起基督教，他似乎更适合佛教这条路，从他近来的佛教修行中，可以看出佛教更符合他的个性。

他每天早上六点起床，在与家人共进早餐之前，他会打坐，同时交替研究《圣经》及佛经。

不管是基督教或佛教，他主张“极致的真理都是相同的”。因此，他不具备双重信仰。只不过，就目前的情况看来，他似乎比较倾向研究基督教的教理，对于佛教则是近乎陶醉的状态。

一直以来的虚无思想，如今仍未离开他的心灵。然而，自从他获得信仰之后，他开始对“永恒的生命”抱持希望。尽管他表面上看起来更加投入，也许是心底有了光明吧，他的面容随着岁月流逝，看来更加温和、平静了。也许是由于他几乎戒除暴食的坏习惯，益发健康了，将近二十贯[1]的身

---

① 一贯约等于 3.75 公斤。

材，随性套着米琉[1]的日用丹前[2]，坐在檐廊上晒着太阳，温和地眨着他的小眼睛，看来好似一头大象。这副模样的他，在家里，对家人那些细碎的情感保持超然的态度，经常窝在自己的房间里。每天早晨，他都会打扫那间房间，不过，房间里仍然杂乱地到处放着书本、进行到一半的画稿，连下脚的地方都没有。角落叠了好几块坐垫，一旁摆着香座，那是他坐禅的地方。墙上挂着五幅连在一起、以日式装裱的鸟羽僧正[3]的漫画。最近他特别喜欢鸟羽僧正的画风。

关于绘画，他不仅喜欢欣赏画面，同时也急切地想要得知该画家的生平。这阵子，他特别喜欢西方的宗教画家及东方高僧的画作。比起光明、高贵的拉斐尔，他更喜欢朴实、单纯的米勒；和睿智、圆满的达·芬奇相比，他更爱下场落魄、可怜的米

---

① 米泽琉球绸，山形县米泽地方生产的丝织品。

② 铺棉的日式防寒长外衣。

③ 鸟羽僧正，法名觉猷，日本佛教高僧，亦精通绘画。

开朗琪罗。

至于近代的人，他最欣赏亨利·卢梭。他本来就是一个宽以待人的人。有时候，甚至会让人觉得他是不是刻意讨好别人。

举例来说，假如有第三者告知：

“你前几天送礼物给某某人了吧，那个人背地里说收到这破烂东西，根本没用。”

这时，他可不会说：“送他东西还嫌，真没礼貌。”

大概会说：“这样啊，这次就算了，下次再送能让他欢喜的礼物吧。”

此外，当别人污蔑他的时候，旁人看不下去，忍不住说：

“你难道不知道自己受到严重的侮辱吗？”

他则毫不在意地说：

“我明白啊，不过呢，不管对方怎么污蔑我，我既不会少一块肉，也不会多一块肉啊。”

此外，对于男女之间的妒意，他几乎是个一无所知的白痴。不过，他倒也不是不知不觉，他只是在动气之前，宽容以待。在众人眼中，他几乎不怜惜女性，认为男女之间的痴情十分麻烦。因此，尽管青少年时期的他容貌出众，却并未与女性发展出深刻的恋爱关系，只把女性当成发散欲望的对象。传说中，他谈了一场轰轰烈烈的恋爱才结婚，坦白说，他并没把妻子当成女性看待，只不过是因为“这个人”正好符合他当时的眼光，同时跟他有一段难解的缘分，才会在偶然之下结婚。

“要体会女人的好处，必须先尝到更多可恶之处。”这就是他的观点，他不怎么认同女性的价值。

当下的女性，他最讨厌的就属日本的艺伎，以及兴趣相仿的女子。

音乐也是，除了长歌[①]之外，比起日本音乐，他更喜欢优秀的西洋音乐。

席亭[②]也是，以前很喜欢去听阿小[③]的表演，最

---

① 以三味线伴奏的歌谣。

② 同寄席，相声等表演的会场。

③ 柳家小三治，落语家（单口相声）的名号。

近完全不去了。看戏的话，因为工作关系，每个月一定要去个两三回；男性演员的话，喜欢仁左卫门[①]与雁治郎[②]。

在家里，他也不会露骨地发泄他的怒火，也不会为了私情把气出在家人身上。就这一点来看，他应该是可以控制自己、讲理的人吧。他偶尔会向家人提出建言，也是出于他曾经受到夏目漱石的评论，说他漫画的特色是“不会令人感到不快的讽刺”，他总是抱着这个态度，缓缓地进击。有时候，他的建言比半吊子的抱怨更能直捣对方的弱点。此外，唯有在他的亲密知己或好友来访时，他的家人才能见识到他漫画中的那一面——不断发出一流的讽刺与搞笑。这时，他的家庭氛围有别于平日，十分开朗、愉快。唯有这段时间，才能在他身上看到不同的“机灵与圆滑”。这绝不是虚荣或阿谀，只不

① 片冈仁左卫门，歌舞伎演员的名号。

② 中村雁治郎，歌舞伎演员的名号。

过是基于他善良的本性，流露出的自然滋味，让他心有余力，不管在什么情况之下，都能给别人留一条退路。

在金钱方面，他也算是一个淡泊的人。只要收到一笔小钱，他就会欣喜若狂，仿佛成了大富翁，不过他很快就会忘记这笔钱的存在，有时甚至会忘记报社每个月给他的高薪。这阵子，口腹之欲淡了，不像以前那般胡乱花钱。

比起美丽的花蝴蝶，他对反应迟钝、奇形怪状的昆虫更感兴趣。例如，在院子角落里来回走动，明明没有人却还是感到胆怯、羞涩，急急忙忙往回跑的蜥蜴；又或是拖着笨重、丑恶的身躯，待在原地睡觉的蟾蜍。

生而为人，他不像巧言令色的知识分子那般狡猾，然而，当他在孩子或无知者身上发现赤裸裸的强烈欲望及奸邪计谋时，就会带动他对漫画的兴趣。当他的儿子难得表现顽皮的一面时，如口吐恶言或是胡闹，他能更快地进入爱情的三昧[1]。

委托他绘图的人，老是要在他身上费心。据说愈常催促他工作的人，委托的工作愈快能完成。他似乎认清一件事：经常来催促的人，表示对方强烈索求自己的画，代表他是与自己缘分深刻的人。他很少把委托的先后顺序放在心上。

最后，聊一个他最近的小故事。

约莫半个月前，有天傍晚家里来了一名洗劫玄关的小偷。我们察觉后，全都闹得不可开交，他却只是站在原地，望着小偷的背影，完全不打算追上去。在我们的盘问之下，他说：

“他冒了那么多的险，好不容易才潜进来嘛（小偷灵巧地打开了三扇门才进来），很厉害啊（小偷偷走了刚做好的外套跟帽子），反正来不及了。放他走啦，放他走吧。”也许他的话，反映出他当时的部分心理，老实说，他应该是害怕而不敢追小偷。

---

① 佛教用语，指摒除杂念，心不散乱。

他既有城市人耍嘴皮子的一面，也有惊惧、软弱的一面。当他坐禅的公案[①]未能通过，受到师父的指责时，他回到家里，表情仿佛泫然欲泣的孩童，十分沮丧。行笔至此，已无缺遗，总算写满当初交代的页数。

① 禅宗用语，通过矛盾的语词或动作来表达他们所体悟的禅理。

写给一平

只要你健全地活在这个社会上，我身上出现一些扭曲也是理所当然的事吧。若你在社会上发出耀眼的光芒，我理应扮演亮光的阴影，我全都明白。所以，我不打算再写这封信了，我们一起去楼下的客厅吧，晚餐应该快准备好了，快点结束白天的工作吧，我的房间已经暮色昏黄了。

你那边的房间，夕阳差不多该斜照进来了吧？当直射的锐利霞光照到你书桌旁的磨砂玻璃格子窗上，光就会照亮整个房间，呈现一片明亮的橘色吧，也许会有点儿闷热，你一定冒了不少汗。不过，你似乎不明白自己怎么冒了这么多汗，只是下意识地拭汗，用正好披在你浑圆小巧的下巴旁的毛巾，漫不经心地擦拭，专心致志地从事写作工作……这时，你窗外的松树，绿色的枝丫更显鲜翠，婆娑作响的细线，在你的磨砂玻璃窗上晕染得恰到好处，在你方才拭过汗水的平滑双颊上，以及柔顺的中分头上，反射着隐约的青光……唉，瞧瞧我写了些什么呢？

我本来打算写一封“给艺术家老公”的信。

真是万分抱歉，我现在正在另一头的房间里（在你的房间后方，漆着银粉的整面墙边，全都是檐廊，宛若你房间的邻国似的，在远方隔出我的房间），烦恼着该如何下笔写这封信。不久，我疲惫不堪，把屁股对着书桌，背压在花梨木书桌的雕花桌脚上按摩，双腿并拢着，往前伸长、搁着。不过，我可不是找借口，我自己也不觉得这个姿势不堪入目，虽说是搁着，我可是用所穿的超长浴衣的下摆把腿包得紧紧的。虽然是没绑腰纽[①]的便服，我还是乖乖系上腰带，在弯起的膝盖上，放着只有一两页半张稿纸的方形册子，一手拿着钢笔，一边思考。

好了，该写什么呢？这个问题看似轻而易举，实则难如登天。

在没有想法的情况下，很容易为了一些小事分神。像是这边的房间，晚风其实很凉快，不过呢，

① 绑在腰带下方，固定用的腰绳。

倒是吹不动我的衣袖。我的衣袖是硬邦邦的元禄袖[①]，才没那么风流呢。

“看起来好像男孩啊，上半身好像少了点儿什么。要不要加点儿装饰？至于腰带呢，红色应该比较出挑。”

自从去了一趟外国，你便爱上华丽的打扮。我今天呢，戴了紫水晶耳环。项链陷在领子里，因为起了汗疹，所以没办法戴上那条细金链。大颗的紫水晶随着晚风摇曳，每当我转头时，它们都会在两只耳朵下方轻盈可爱地晃来晃去。实在是太可爱了，我忍不住眼泪盈眶。

即使没写下我这副模样，我们还是同在一个屋檐下，我就在你隔壁的房间里。也许你不知道这件事，不过我确实很明白，你今天还没能好好地看我一次，我们曾在走廊碰过一两次，我们也在面对面的房间门口稍微见了一两回，不过，你

---

① 和服袖型的一种，袖子长度较短，呈圆弧状。

今天一直待在工作室里，我很清楚，你一定没发现我的红色腰带、男孩子气的元禄袖，更别说是耳环了。就连我的存在也……我觉得这样也无所谓，我早就习惯了。

可是啊，我毕竟还是有点儿寂寞，所以，耳环的水晶晃来晃去，就连这件可爱的事都会害我掉眼泪。这种时候，我忍不住走进你的房间，唤你一声：

"孩子的爸。"

你头也不回地，将提笔的手抬到肩膀的高度说：

"唉，Kachi妹妹，别来这么闷热的房间了。"

一个人独处这件事，我早就习惯了呢。

不过，你偶尔也会是我那了不起的老公，自己跑去银座帮我挑和服，或是带我去大啖美食，向我讲解《观音经》[①]，解答我的难题，摆出我喜欢的姿

---

① 指《妙法莲华经观世音菩萨普门品》。

势让我素描。偶尔为我做了这些事，很容易在世人口中夸大地流传，悠悠众口说我是你的宝物，那倒是无所谓，不过，也有些人因此责难我，说我安于自己的境遇，浸淫在我的艺术里，过着不愁吃穿的好日子。

若是没有抛弃一切的决心、努力及奇特的志向，不管在什么样的境遇之中，绝对没办法投入艺术，我的艺术明快、大胆又华丽，不做作，也不刻意呼吁人生的严肃面；称它为游戏的人，才是玩着严肃的游戏，装模作样，其实根本没吃过苦吧。吃得苦中苦，方为人上人。人上人才具备稳重、温柔、优雅及明快的性格。我们两人曾过着两天、三天没饭吃的日子，我们拼命地过着严肃的人生，才能像现在这样，过着不愁吃穿的好日子，这是鲜为人知的事实。在过去种种痛苦的淬炼之下，使我成为温柔、诚实、开朗，充满女人味的女性。

因为我长相甜美，人们经常认为我是华美之人……可是，我一点儿也不在乎。再怎么说，不可能会有两个生命同时处在同一个地点。只要你健全地活在这个社会上，我身上出现一些扭曲也是理所当然的事吧。若你在社会上发出耀眼的光芒，我理应扮演亮光的阴影，我全都明白。所以，我不打算再写这封信了，我们一起去楼下的客厅吧，晚餐应该快准备好了，快点结束白天的工作吧，我的房间已经暮色昏黄了。

写给巴黎的儿子

『儿子是巴黎的知名画家，老爸只是乡下的蹩脚画家……』

你爸爸哼着这首歌，这阵子经常临时起意，扛着你读美术学校时用过的、已经坏掉的颜料箱，到晴朗的乡间原野去写生。虽然他绝口不提，心里大概是想你想得不得了吧！

自从在巴黎北站与你一别，已经迈入第六个年头。人们说这是一段漫长的岁月。然而，我却不知这段时间是漫长还是短暂。日日夜夜绵延不断的思念，早已在你我之间，架起一座直达彼此的心桥，使你我几乎不受岁月及距离的影响。我们两人随时都能在那座桥上相会。你永远是我二十岁风华正茂的儿子，我永远是天真无邪的母亲。“妈妈，你真不像话，外套的衣领又歪了。”“明明就是个孩子，讲话怎么可以没大没小？”我们两人相视微笑。永劫的时间及空间，宛若那座桥下的轻风，瑟瑟拂过。

我们两人的思念，已经升华到宗教的神秘程度。即使生死更迭，恐怕也不会改变。然而，我总能在不经意之间，感受到现实之中的你。于是，我不顾一切地想与现实之中的你见上一面。想到巴黎并非东京，此事令我气愤难平。

什么样的时刻，我会想起你呢？见到背影与你相似的青年时，拿出你留在家里的学艺用品或是穿旧的和服时。除此之外，在偶然的机会下见到完全不相干的事物，也能让我联想到你，像是颈窝的细毛、粗哑的大嗓门……它们也会使我受到打击，这种时刻，我总是受到强烈的冲动驱使。如果可以的话，我好想到原野、山间，疯狂大喊："太郎！太郎！"因为我办不到，所以我只能噙着泪水，蹲坐着吟咏你的诗。我经常寄出以潦草字迹写下的丰富感情，迫使你偶尔寄来郁闷的信件。你在信中写道："您的感想支离破碎，我完全看不懂呢。请您冷静地写下来，再寄给我吧。"多半是在这样的时刻，我会想起你。然而，不管你怎么说，未来，我依然会把那样的信件寄给你。要是我停止这种行为，对我的身心都会造成不好的影响。

你在绘画方面健康、踏实地成长，我不仅在那边的报纸杂志得知这件事，还从前阵子来访的舍里曼[1]口中、横光利一[2]先生的游记中、《读卖新闻》的巴黎特派员松尾邦之助先生的日本美术杂志通讯中，听到你的近况，我十分高兴。我多想告诉大家："这是我勇敢的好儿子。"年少就离开父母，到了异国的都市，竟然凭着自己向人问路，找方向，走上正确的道路。想必其中也有艰辛的一面吧？你也必须忍受屈辱吧？你明明就像我，是个生性热情、个性纯良的人，竟能承受这些艰难，重新磨炼自己的性情，活在现实的步调之中。

"妈妈，千万不能当个意气用事之人。请把思路扎根于'活着'的事实上，冷酷地往前行。"

你最近的来信中，写着这句话。我坦然接受你所说的话。不过，这段话何尝不是你自己撞上那顽不可破的现实高墙、尝尽各种苦头、历经各种辛

---

① 瑞士画家。

② 日本小说家。

酸后，用以自省的话呢？也就是说，这段话包含了你的血与汗。即使这段话很普通，内容却是滚烫的。未来，我会一直把这段话当成我的戒律，用以自省。

我们将你留在巴黎，乃是希望你能实现你父亲在学生时代的理想，此外，也是因为巴黎才是正统的修炼场。然而，我们绝对不会开口逼你念书，要你出人头地。我们只能说，但愿你善尽本分，在这条路上好好地精进自己。不过，你却能在正统的巴黎，与世界各地的画家并驾齐驱，在画坛崭露头角。真是不得了，像我这样的人，竟能生出这样的儿子……话说回来，人们与你又会说些让我更承受不起的话："他不是产自你的肉体，而是出于你彻头彻尾的母爱。"

我们一家三口都从事艺术工作，有方便的部分，也有不方便的部分。然而，事到如今才担心也无济于事，只能说是本能招致了那样的命运。不过，既然已经踏上这条路，可不能左顾右盼。唯有全心全意地投入，才是继续下去的方法。不管是父母还是儿子，都尽己所能地努力吧。艺术这条路，只会愈走愈深入，也会愈走愈艰难。不过，全心投入才有全新的发现。正统的艺术使命，其实在于学习“生”，揭露“人性”，创造崭新的“生命”。唯有此时此刻，才能感受到艺术对人类的必要性，乃是一门恩泽惠及自我与众生之仁术。切莫受到一时流行及细枝末节之美蛊惑。既然走上这条路，就要走到这个地方。你曾说我们家是“艺术敢死队”，如今我终于能认同你的话。

每当从巴黎回来的人向我谈起你，我一定会问：

“太郎长大了没？”

结果，每个人都回答：

“为什么这么问？他早就是个独当一面的大人了。”

真的吗？他们说的是真的吗？

我想问的可不只是身高。我想打听的是，在西方人之中，你是否具备了与他们竞争的体力与气概呢？

“儿子是巴黎的知名画家，老爸只是乡下的蹩脚画家……”

你爸爸哼着这首歌，这阵子经常临时起意，扛着你读美术学校时用过的、已经坏掉的颜料箱，到晴朗的乡间原野去写生。虽然他绝口不提，心里大概是想你想得不得了吧！

她的早晨

过了一会儿，当她抬头望着飘浮于空中的一朵朵白云时，眼里已噙着泪水。尽管她已经拥有逸作及儿子，但仍然感到不满，对于这个世界、对于她自己本人都感到不满。她不知道该如何处置自己的倔强、傲慢及洁癖。因此，她甚至认为是这个世界造就并助长了她的倔强。

“我读了上个月发行的K杂志，刊登着你的小说。这个啊，是妈妈的处女作吧。妈妈的企图，应该是想利用法国人对利益敏感、感情老练又机灵的性情，来表现他们宠爱敌国女侦探、为其提供优惠的待遇，你想表现那种微妙的境界吧。对于了解法国及法国人的我来说（我想法国人及身为日本人的我，大部分都有同样的性情），真是十分清楚，容易理解。就这层意义来说，这部作品应该很成功。然而，这是我自己对妈妈的期许，为什么妈妈要写别人的故事？还有其他更值得妈妈写的世界。像是妈妈的抒情世界，还有为什么妈妈没能完全化身为女主角呢？别写别人的事。既然妈妈动的是自己的手、运的是自己的笔，应该还有一些更急迫的、非要妈妈才写得出来的世界吧。一定是因为妈妈的孩子气，只想展现最美好的一面吧。妈妈！请妈妈成为自己抒情世界的女主角，永永远远待在那里吧。别被幼稚的华丽表象限制住了。办不到的话，就别写什么小说了嘛。”

这是她儿子的来信，方才从法国巴黎寄来的。她正打算一如往常，跟老公逸作一起出门进行晨间散步，这时门童在后门收到来信，交到她手上。

逸作已经走出玄关，穿好低齿木屐了。他才走出门，就不晓得碰见了谁，开着玄关的大门，在那里低声说话。

如同她儿子所说，她真的有几分孩子气，跟小孩一样，一点儿耐性都没有。

明知道老公逸作正在等她，趁着他在跟别人聊天的时候，她撕开儿子来信的信封。于是，方才的文字映入眼帘。

不过，对她来说，只要是儿子的来信，写什

么都好。抱怨也好，讨东西也罢，就是没有撒娇的时候。儿子二十三岁了，十几岁的时候就很了解生下自己的母亲是什么德行，也明白她的孩子气，所以从没撒娇过；母亲撒娇的时候，他还是负责训斥与指正的人。虽然日常生活有点儿邋遢，但他其实是个感情丰富、反应快又老实的男孩子。儿子的来信，对于发自内心疼爱独生子的老公逸作来说，可是一份好礼物，她总是擅自拆了来信。

“唉，是竹越先生啊。”

在玄关跟逸作说话的是“文明社”的记者，他来找她讨论原稿的事。

“是，这么早登门拜访，真是不好意思……托您的福，这才能遇见府上难得一见的先生……”

竹越先生客气地低头行礼，尽管夸张，却不觉得刻意。出于好感，逸作微笑以对，等待她与竹越结束问答，不无悠闲地站在玄关口。

竹越回去了。两人走出大门，竹越走向大马路，两人则走向反方向的小巷子。

“刚才那位是哪家的记者？”

“唉，你不知道吗？刚才看你聊得那么热络。”

“因为对方跟我聊天的时候很热络啊。”

“你是不是说了什么‘您家的杂志很棒’之类的话？”

“跟记者打招呼，这句话最好用吧。”

“你明明不知道是哪家杂志呀！”

“对啊，不管哪家杂志，都一样嘛。”

“真是的，我可比不过孩子的爸。”

她试着比较自己跟对方。她曾经在一家剧场的走廊碰上一名男子跟她打招呼，她不知道对方是谁，却反射性地点头致意。不过，她心里很介意：为什么要向不认识的人点头？后来，她也反射性地跟在男人身后。在宽敞的剧场走廊，追着那名男子，跑了半町[①]远。

她认真地盯着男子的脸，问道：

“请问你是谁？”

---

① 一町约为 109 米。

男子曾经去过她家，是某家杂志社派去跟逸作讨论绘图工作的人。据说，男子后来逢人就说，忘不了她当时认真询问自己名字的表情。不过，那也是五六年前的事了。每回跟在绘画事业小有名气的逸作身边，一起走在银座的时候，即使不认识的人跟逸作打招呼，他也会沉默又优雅地点头、经过。她在一旁学着，再也不曾做出那么笨拙又认真的行为，看到今天早上逸作对竹越那么悠然惬意的模样，久违地回忆起自己以前的死脑筋。

“好痛。”

她的低齿木屐翻了过来。这一片区用小石子铺的马路，有一头的尖角从土里翻了起来，另一头则反过来埋进土里，成了凸凹不平的难看模样。后巷占地最广、最豪华的富翁家正在施工，在砂石车的蹂躏之下，马路成了一片狼藉，好几次都感到（身为良民的）愤怒。不过，也有收到一些小小的恩惠。

“喂，孩子的爸，因为这个××，所以我们才能呼吸到新鲜的空气，想到这点，心情就好多了。”

“嗯，你说得也没错啦。”

两个人边走边聊。

实际上，××家将这一片区尽头的数平方米的土地圈入宅邸之中。宅邸里种了一整片树海。绿浪澎湃，随风婆娑起舞，在阳光下闪烁光辉。为维护市民健康，柏林在城市里设置广大的蒂尔加滕公园。这个富翁则是为了我们这一片区，安置了绿树之海。也许这不是富翁的本意，他仍然为良民的呼吸提供源源不绝的氧气。“于是就这样相辅相成，形成利害关系了。”两人走着走着，心里都想着同一件事。

往前走两三百米，来到某高官家的前门，那里正在改建。半个多月前就在施工了。她说：“那群工人应该在想，那对怪男女又来了，每天早上都从相同的方向走过来。”

“哦。”

逸作边走边摆手。他四平八稳地系着半新不旧的鼠灰色缩缅[1]兵儿带[2]，既不随性，也不会过于正式。旧的单层和服长度过长了，黑发跟一般人相仿，只有少数几缕白发，像银沙子[3]般，泛着美丽的光芒。中等身材的垂肩上，脖子上竖立的线条宛如拉斐尔的玛利亚雕像一般，从脖子往上延伸的纯洁下巴，最后在薄细的唇瓣打住，他的唇轻微前凸。每次他抬起脚，都能看见丰厚的双足，拖着中古的低齿木屐，啪嗒啪嗒地走着。

她没剪短发，也不曾烫卷，留着清汤挂面式的发型。身材也和逸作不一样，在她身上完全找不到笔直延伸的线条，全都又短又圆。杏眼盈盈，好似向日葵。纤弱的双颊则像月儿般羞怯。走路像个不灵活的孩子，完全没遮拦……老实说，经过漫长的海外旅游后，她现在还不习惯穿低齿木屐。只能肯定她呼吸着清晨空气的唇瓣脂粉未施，那是四十岁

① 特殊织法的丝绸。

② 男性用的和服腰带。

③ 银箔磨成的粉，常用于莳绘。

依然身材曼妙的健康女子的红唇。将铭仙絣[1]的单层和服穿得比较短，利用腰带绑法添增少许日本传统风味，其他部分则像外国女子穿着和服的模样，不正式、不正经的穿法。

“唉，你是弥陀大人，我是观音大人。”

女子指着逸作散发柔和光彩的小眼睛，再以手指点着自己的圆额头，有点儿装模作样，不过，看在别人眼里，他们大概是一对奇怪的男女，应该让别人对他们每天早上要去哪里做什么感到好奇吧？自我意识强烈的女子，容易抱着一些无聊的偏见。然而，工人们只顾着他们的工作，扛起土块或石柱，这些工作占据了他们的所有视线。他们只是偶尔偷瞧一眼，对他们来说，不过是毫无意义地瞧一眼罢了，这是她擅自做的结论。她有时还会反过来，温柔地回望那些劳动者。

天真又开朗的她，也是个极爱思考的人。她的

---

① 经线及纬线交错时，刻意使用不同的色彩，创造柔和、晕染效果的织法。

思考最远会到天心地轴，也会思考优生学、死后的问题，有时会连接到因果定律及自己的命运观。她也会思考想吃的食物及喜欢的衣服。不过，她很快就改变心意，伫立在眼前土地出售的招牌前，比较并思考自己仅有的存款与售价。

逸作非常清楚，为了拥有自己的房子，现在的她没有什么新的欲望。她愉快地沉溺于幻想中：等到人在巴黎的独生子回来之后，在这一带盖一栋房子吧；就算儿子不打算回家，如果能盖一间那样的房子，或这样的房子，说不定他会出于对房子的兴趣，以及对双亲的关爱，从巴黎回来。儿子在那里有着不错的地位，不管怎么想，他都比较适合那边，再考虑到儿子的艺术才华，怎么也不好意思开口叫他回来。也有部分出于她在艺术方面的良心，并不完全是对儿子的考虑，这么做甚至让她感到那是对艺术神明的一种亵渎。艺术方面的良心及自己本能的感情，两者之间的战争，让她难过得目光泛泪。儿子不在身旁的宛如缺了一角的现实生活和幻想儿子回来后的生活，总是彼此竞争着，轮流占据她的心。她很喜欢杂草。这片空地长着茂密的杂草。即使是给儿子盖画室，她都不想摘除她喜欢的杂草。人凭什么觉得杂草和庭院里的树应该受到不同的待遇呢？像宛如天上星辰、闪动琉璃色彩的鸭跖草，好似用金丝银线刺绣而成的虎葛花，谁有资格决定它们不如蔷薇和紫阳花呢？优雅的蒲公英及可爱的睫穗蓼，凭什么决定它们与石竹及虞美人之间的优劣呢？假如判断价值的标准在于大量、随处都能生长，看得最腻、最常见的，不正是人类自己吗？然而，要是她努力不除草的话，儿子大概会五味杂陈地对她发一顿脾气，有时候还会像运动选手那样，用力揍她一拳。到了那时候，可就没办法了，所以摘掉也无妨。说到揍一拳，她想起有一次对儿子说：

“妈妈上了年纪之后，想抱个混血的孙子，好期待。”

她经常随口说着玩，不过，有次她在儿子面前说了这句话，结果被揍了一拳。儿子揍她的时候，拳头有如青年般充满弹性，如今，仍然在她背上留下怀念的感觉。当时，儿子说：

“我不会跟想生小孩的法国女人结婚。”

不知道他这句话的意思是法国女子的体质不适合生小孩，还是出于一般年轻人的审美观，觉得体质适合生小孩的法国女子不够漂亮呢？如今，她回想起来，仍然十分怀念。六年前，她与逸作陪儿子出发，前年回来的时候，只剩下儿子只身留在巴黎。

她在“土地出售”的招牌前停下脚步，当她尽情想念儿子时，逸作乖巧地站在相距两间[①]远的地方。虽说是乖巧，逸作可是一点儿也不老实。那是一种瞧不起宇宙、厚颜无耻的乖巧。因此，他直接与阳光交易。逸作那端正的五官，看起来似乎比较适合待在月光下，其实，逸作却有更接近俗世的一面。不知道是不是因为这个，逸作也很喜欢太阳。不管上哪儿，在他那毫无多余

① 一间约为 1.8 米。

线条的、接近初老的脸上，眼尾隐约的皱纹深处，都吸饱太阳的光线。当风拂起衣摆，自行车、路人、小狗与他擦身而过时，逸作仍然毫不在意地、不知天高地厚地站在原地。她在心里评判：这就是瞧不起宇宙的模样吧？

“差不多了吧？”

逸作的语气平静，宛如轻风拂过树叶。她的朋友曾经评价逸作“静如死亡”。那名友人说话的口气，像是同情她，又像是羡慕。不过，她认为那只是对逸作的表面批评，逸作的寂静并不是亡灵般的寂静。假如用机器来比喻，这部机器有一个非常精密的部分，只是平常都没在运转。沉默寡言又迟钝的逸作，对社会的描画则是十分杰出，这就是灵活运用了那个部分，展现了他的专业技巧。逸作运转这个部分的原动力，有时是绘画工作，有时则是对她的爱，除此之外，再无其他动力。有时是为了绘画工作，有时是为了她，逸作会灵活运转他那极精密的部分。她总能切实地感受到他的关爱。因此，她觉得连自己幻想的时候，都拥有一片广大的领土。逸作在自己的幻想旁边，以灵活的部分咀嚼。经过咀嚼与消化后，也不知成了逸作的心灵还是身体，总之，渗入逸作闲置不用的其他空间里……也就是说，逸作就是她自由的领土。在逸作身旁，她什么话都敢说出口，什么都能幻想，这就是逸作是她的领土的证据，两者之间的机能性，也成了世人口中的佳话，他们的主体即为“圆满的夫妻之爱”。然而，她很讨厌别人说什么“夫妻之爱”。“夫妻”这个字眼跟发音，让人感到赤裸裸的性欲，这两个字眼根本不适合温馨的“爱”，她听到“夫妻”这两个字的念法时，只会感到下流。不过，称呼别人的时候，或是这字眼只出现一下子的时候，她还能接受。戏剧表演或是随着净琉璃[①]的间奏，“他们成了不畏世俗眼光的夫妻”，年轻、稚嫩的男女恋爱，到了终局之时，只有在这时使用这个字眼，才能让她觉得听来亲切，又扣人心弦。然而，当男女共度一

① 日本传统艺术表演，结合了说唱、三味线伴奏及木偶戏。

段年月之后，成了更平凡、更确定、更朴实，再也不能指定本质的组合时……在他们身上早已感受不到什么男女关系，却要在孩子面前被冠上“夫妻”这个洋溢着性欲气息的形容词，只会让她感到羞愧万分。她经常听年轻的丈夫称自己年轻的妻子为“我家老婆”，她忍不住觉得对方真是矫揉造作，可是，她更讨厌听到有人，尤其是平凡无奇的夫妻，在别人面前说什么“我们夫妻”。她经常在报纸、杂志中看到“夫妻”这个字眼，她也管不了别人家的事，只是她怎么也没办法喜欢这个字眼。

逸作跟她并肩走着。

“有个东西想让你瞧瞧。”

“哦。”

“你知道是什么吗？”

“不知道。”

“猜猜看嘛。”

“我不要猜。”

“就是那个啊，太郎寄来的信。”

“哦，快让我瞧瞧！”

“这里是大马路呀。”

“我不管。”

“走到墓园再给你看。”

她将原本在袖子里沙沙作响的儿子的来信，移到腰带里。逸作也不吵闹，他用力抿起那看似对某种东西充满食欲的双唇，压抑自己的欲望。她高兴得心儿怦怦直跳。

对她来说，这样的恶作剧和散步一样，也具备生理调节的作用，让她感到十分舒服。

对于其他的欲望，逸作从不会表现出执着的模样。然而，逸作有些特殊的欲望，在他的心底扎了根。逸作总是向自己的内心穷追不舍。逸作那特殊的欲望，可以说只有极少数的两三个。方才，她刺激了其中一个。她认为，逸作对儿子的爱，除了父亲的本能疼爱之外，还是更浓烈、更美好的友情。逸作是个嫌麻烦的人，不喜欢跟别人的生活有所交集，所以他根本没什么泛泛之交。至于其他的家人，逸作和她都在年轻的时候吃了不少苦头，已经不想往来了。逸作与她抱着那份夹杂着悲哀及愤恨，浓密又确实的爱，疼爱着、宠爱着、无微不至地爱着他们唯一的儿子。这件事成了两人共同的工作。

逸作与她的爱情步履，乖乖在儿子身上留下足迹，塑造了他的性格。对逸作来说，儿子更是他彻底的爱情领土。只有她和逸作无微不至地爱着，才能使儿子的性格丰满，在他心底萌生牢固而伶俐的芽。新芽茁壮成长，又为逸作与她带来喜悦。这阵子，逸作与她甚至已经跟不上儿子敏锐的艺术感觉及批判能力了。然而，当他们担心儿子优质的一面，以及随之而来的缺点对社会是否有所助益时，怜惜之爱又油然而生。

“喂，别去小学那边，从这边走吧。”

“为什么？”

“因为路上全都是小孩子。”

“你想快点赶到墓园看信，打算抄捷径，对不对？”

“……”

“我说对了吗？”

“我讨厌小孩。”

没错。她都忘了这件事。也许逸作真的想抄捷径，快点读儿子的来信，但逸作也的确很讨厌碰见一大群小孩。世人都觉得小孩很尊贵、天真无邪，逸作和她可不这么想。小孩看似天真无邪，其实毫不客气、自私自利。小孩并非不会说谎，只是还不懂得说谎，他们是尚未成熟的生命、没教养的小恶棍。他们还会忽视懂得羞耻及客气的大人，是蛮横的存在主义者。（逸作与她都是等到自己的孩子远离儿童时期、形成独立的人格之后，才确立自己对儿子的爱。）他们的父母可以凭本能爱他们。然而，逸作他们讨厌的世俗孩童，乍看之下十分可爱，却尽是惹人厌、没教养又粗鲁，而且根本没得救的孩子。

“可是孩子的爸，你不是说你最喜欢像小女生一般稚气的夫人Kachi（逸作总是这么叫她）吗？”

“拥有童心的大人，跟孩子气的小孩，根本是两回事啊。拥有童心的大人，拥有一般小孩没有的童心。所以，从小就拥有真正童心的小孩，跟拥有童心的大人，一样都是少数。”

两个人偶尔会像这样，做出一些好像没道理又好像有道理的结论。

马路两旁都是文化住宅[1]，尺寸与她在柏林新住宅地所见的相仿。然而，他们认为这些融合日式风格的精巧建筑，反而比柏林的建筑有着更好的效果。德国人的技巧，其实不如日本人想象中的细腻。不知道少了什么，是影子还是骨架，总之那些建筑呆板地站在北欧那片高得没什么用的蓝天之下。虽然日本建筑显然在模仿德国，由于没看过实物，只凭着德国建筑的照片模仿，但是大部分的人竟能学会这无可挑剔的效果。她在柏林亲眼看着眼前的实物，对照刊登着那栋建筑物照片的摄影集，惊讶地发现精巧又伶俐的摄影技巧，为照片添加了线条阴影及深度。就这样，她将那本摄影集带回日本，她甚至觉得让日本人看那些照片，似乎在说什

① 大正时代中期开始流行，融合日式及西方风格的建筑。

么骗人的谎言，有点儿良心不安。话说回来，那张照片倒也不是经过刻意修正，只是一张原汁原味地拍下那座德国建筑物的照片，已经没什么好挑剔的了。拍摄人像也是一样的道理，比起平板、缺乏阴影的东方人的面孔，西方人的脸蛋肌肉与骨骼的线条分明，拍照的效果更好。总之日本仿造建筑时，是凭东方人的感觉理解德国摄影集里那效果十足的阴影与深度，却反而有比柏林的建筑原型更好的效果。建在日本优雅的树木旁，这些建筑恰恰与浓密的叶片形成相反的视觉感受。

“不管哪一国的城市，住宅区都是这样，盖了一大堆五万元还是八万元的住宅。仔细看看门牌，写着不知底细的名字。我觉得大家喊没钱，都是骗人的吧。”

“……”

“为什么不说话，只顾着笑呢？”

“没想到你还能注意到这一点啊。”

周遭的空气愈来愈凉爽，墓园快到了。不过，这里没有寺庙。他们毫无顾忌地进入独立的广大坟场。巨大的辛夷长在一座坟墓旁，乖巧地绽放着白色花朵。青苔像是撒了满地的海苔粉，落在广大的墓园地面。在静谧的地面上，新旧墓石及墓碑交错，供着亮眼的美人蕉及温顺可爱的夏草，在这个人们生前及死后的交界，或多或少展示自己的主张。至少她是这么觉得，小巧的竹篱笆、严峻的石墙、光叶石楠格子篱笆，各式的坟墓栅栏，似乎意味着人类生前与死后，那渺小、脆弱的交界。

“对生者而言，此处仿佛是通往死者之道的入口，还是要有一座坟墓比较好。”

“是吗？我觉得这东西好麻烦啊。死掉就化成灰，撒在海里，或是用飞机撒一撒，比较爽快呢。”

不知不觉中，两人已经来到墓园深处。

“拿来我看看。”

“儿子的信吗？你真的很不死心呀。”

“比起坟墓的事，我对这个比较感兴趣。”

两人坐在一块天然石头的两端。早晨的太阳为冷得令人生厌的石头带来些许温和的暖意。两人安心地在石头上坐了一阵子。“嗯，嗯……”逸作像是吃到什么美食般，连声点头，读着儿子的来信。

“喂，孩子的爸。”

“你好吵啊。”

“你看到哪里了？”

“等一下。”

“不是有一段说什么‘写妈妈的抒情世界’吗？”

“你等一下。”

逸作有点儿生气地把她推开，继续往下读。

“喂，他不是有说‘写妈妈的抒情世界’吗？喂，我的抒情世界究竟是什么啊？”

“你自己想啊。”

“我就是不懂嘛。”

“你儿子脑筋真好。”

“不然我去巴黎问他吧。”

“你在说什么傻话，你又想被骂啊？”

“人家不懂啊。”

“简单地说，你平常会高兴、生气、思考、难过吧？他叫你写下你最真实的模样。”

“我的那些模样，就是我的抒情世界吗？”

“对啊，抒情指的不光是具体的男人爱上女人或是为女人烦恼，懂了吗？你儿子的脑筋真好。他明白你日常的特殊身心状态，所以说那是抒情，真是崭新的说法。”

“嗯，这样啊。”

她眨了眨眼睛，双眸宛如望向了巴黎的天空。

“我懂了，终于懂了。”

她依然坐着，不停地摆动双腿。

她那孩子般的腿弹跳着，有如两颗球似的。仔细一瞧，可以发现她腿上有少许成年人隆起的肌肉。当腿落到地面，只有红褐色的低齿木屐鞋带附近会收紧，多了几分血色。有别于柔软的肌肉，角质化的坚硬趾甲则牢固地排在又短又尖又圆润的稚嫩脚趾上，使趾头俯首称臣。“这是她的倔强！”逸作以目光制压她的趾甲，说：

“还有呢。你的倔强也算。”

“我的倔强也算是抒情吗？”

“对。”

“你这么说，可就没完没了啦。我一个人从其他地方回来……有时候孩子的爸，你会从家里出来迎接我，不吭一声地按着我的肩膀，你闭上双眼，眼睛睁开的时候，你哭了呢。这个也算吗？”

“嗯。”

逸作露出一丝嫌麻烦的表情。

“对了，对了，还有那个。我在山路先生那里跟他提过这件事，只提过一次。结果山路先生跟夫人都露出不可思议的表情，说：‘为什么？’我说：‘通常我没办法一个人外出，竟然没被车撞，也没被狗咬，平安回家了，所以他心疼我吧。’他们真是懂事的夫妻呢，马上就露出心领神会的表情。我又说：‘只要提到我与外界的事，逸作总是不放心。’这种事也算抒情吗？”

“大概吧。”

只要直接提到自己，逸作就会觉得非常害羞。

“顺带一提，我在山路先生那里全都说了。尽管世人说我：‘虽说是送坚毅的独生子去修行，竟然能送到那么遥远的地方。你们真是与众不同。佩服，佩服。’一般人只会单纯地赞美这件事。杂志也说我是多么懂事的模范母亲，让我出了名，不过呢，虽然他们说得没错，这件事的背后，还是有完全不同的真相。我并不全是出于过人的见识，才把那孩子留在巴黎……巴黎是我们一家三口的情人。总不能三个人全都留在巴黎，至少让儿子留下来吧，出于让他留在巴黎这位情人身畔的心理，我们则是回到祖国日本。并不是想让儿子有出息，或是出人头地，我根本没那种想法。把儿子留在那里，是我们赌上性命的奢侈，换来与儿子相隔两地的悲伤……我说了这些。”

说着说着，她觉得自己仿佛在告诫自己。

“喂，孩子的爸，一大早来这地方，讨论这种事，也是我的抒情世界吧？”

“嗯，看来这阵子你会忙着探索自己的抒情世界呢！”

逸作把儿子的来信折起来又展开，用比较实际的目光，盯着页脚下的一处。逸作大概是在心里盘算着下次要寄给儿子的大笔费用吧。她瞄了从逸作手中露出的儿子的来信，信纸上印着法文Daum，那是蒙帕纳斯的一家咖啡厅，她怀念地想起那里有许多跟儿子熟识的女子，她很疼爱那群女子，只要有空就会出门，跟她们互掷纸团玩耍。

见逸作暂时不打算搭理自己，她陷入自己的沉思里。

过了一会儿，当她抬头望着飘浮于空中的一朵朵白云时，眼里已噙着泪水。尽管她已经拥有逸作及儿子，但仍然感到不满，对于这个世界、对于她自己本人都感到不满。她不知道该如何处置自己的倔强、傲慢及洁癖。因此，她甚至认为是这个世界造就并助长了她的倔强。

在这个世界上，仍然有她想追求的东西，那是让怕寂寞的她无条件地感到喜悦，让她的尊严、伶俐、豪华、朴实、诚实，一切美好有容身之处且能直捣本质的、让她屈从的东西。她感到那是可遇不可求的，而且在遥远的他方。然而，即使它在遥不可及之处，她仍想遥寄自己的尊敬之情。她可不想特地远行，亲自踏上那片领土，或是纠缠不放，她只觉得那种行为既邪恶又讨厌。为了把自己关在这样的幻想与踌躇当中，她离外界愈来愈遥远。她在都市之中，过着宛如山居般的闲寂生活。她很清楚，这是目前最适合她的生活。然而，她又觉得这样的生活很寂寞。满足了自己的固执与喜好，同时了解寂寞乃是一种奢侈，偶尔，她会为此哭泣。

两三只尚未染上当天疲劳的晨鸟，横越过她的视线。飞鸟张开羽翼的新鲜姿态，打断了她方才的思绪。她将目光移向飞去的鸟儿。刹那之间，鸟儿已经飞离她的视线，于小森林中隐没。她只能将被抛下的视线落在墓园隔壁——S医院的火灾遗址。那是十几年前大火烧尽的遗迹，完全不见烧毁的柱子或灰烬留下的痕迹。干涸的红土迅速化为无数的小圆球，像是松懈了一般，化为广大地面的最上层。一隅的夏草，叶片反射光线，茁壮生长。草丛根部那宛如洞窟碎片的物体，则是烧尽的建筑物一角。它在空中切出一个钩状，成了锐利的刀模，从切开的内部瞭望天空，天空的色彩展现一股魔性，整体呈现一股盲目的虚无，历经十年的变迁，依然屹立不倒。她想起到意大利旅行时，在罗马丘陵见到的尼禄皇宫的废墟。在日本，恐怕已经找不到与该处如此相似的废园了吧。

它将以废墟之姿，在罗马市的空中永久留存。

她想起自己在那里唱过的歌。

这时，不知从哪里传来巨大的放屁声。那是使她紧绷情绪突然飘忽不定的漠然声响。

“孩子的爸，你有没有听见？”

逸作与她两人旋即相视微笑。

“在墓园里呢。”

“嗯。”

逸作又恢复理所当然的表情。

她窥探着逸作说：

“你觉得在墓园里放屁的，是什么样的人呢？”

“怎么样？……你觉得呢？”

“我吗？”

她闭上眼睛，又笑了一回。接着她睁开双眼，认真地说：

“该不会是在现实世界中饱受欺凌的人吧？一

般人来到墓园，通常都会保持庄重。哪有人来墓园还没正经地放屁呢？”

她起身，打算离开墓园，这时作家甲野突然现身。

清晨有股不可思议的魔力，不管多么寒酸的人，看起来都没那么脏了。再加上甲野今天的服装仪容比平常干净多了。

“嘿。”

“嘿。”

男人之间的问候……

她瞬间怀疑起甲野，认为他是放屁的嫌犯。她为此露出的微笑，则是出于对不循常理的甲野的好感。也许是因为这个，平常个性别扭的甲野，反而对她十分客气。

“太太，好久不见了。”

“你来散步啊？”

“我昨晚熬夜完成××社的工作，今天早上趁早送过来。”

“尊夫人过世之后，您的三餐还好吗？”

“我在外面吃些便宜的打发。”

“辛苦了。”

“单身贵族也有轻松的时候啊。”

离开墓园，来到两侧凹陷处似乎都快长出蘑菇的林荫坡道，这时下坡处吹来一阵寒风。

“要不要来寒舍坐坐？”

“感谢。”

对于要不要去甲野家，逸作与她都没做出明确的表示，两人只是漫不经心地走着。走到接近大马路的明亮三角区时，甲野与看来不打算来自己家里的两人道别，正要走向自家的方向，却又折回来，对着她说：

“昨天早上，我散步的时候，到户崎夫人那里去了一趟。”

“哦？夫人最近还好吗？”

“她还是老样子，穿着大红色的洋装。她说：‘请您想一想，像甲野先生这样的文学家与像我这样的小说家，何者对社会比较有贡献呢？在这个世界上，能自食其力的人比养不起自己的人还多，我的小说就是写给能自食其力的读者看的。’哈哈哈……”

听到华美又优雅、任性却又直率的户崎夫人的消息，她并不觉得不悦。尽管甲野是个爱闹别扭的人，偶尔还是会去拜访有话直说的户崎夫人。

“她也有提起您呢。她对您可是赞不绝口，最后还说：‘想不到她竟然这么关心自己的孩子。’”

她不禁失笑。因为她想起没有儿女的户崎夫人过着被猫、狗、小鸟、迷你猴那些有点儿麻烦的宠物围绕的情景。

东海道五十三次*

后来，我又搭火车回到品川，从那里开始，宛如道中双六一般，一步一个脚印地上行到京都。为什么要这么做？为了找到目的。用现在流行的话，该怎么说才好呢？憧憬，没错，就是为了创造憧憬。

---

* 东海道为江户时期五畿七道之一，范围从京都至江户（今东京），由于京都是天皇所在之处，故江户到京都一段称为『上行』，京都往江户一段称为『下行』。东海道五十三次则指这条路上的五十三个驿站，又称宿、宿站。

研究风俗史的先生，对过去的旅行风俗及习惯特别感兴趣，据说他首次踏上东海道前去探查，是在大正初期，他当时还是在念“一高”[①]的学生。我不了解当时的情况，不过我确实见过大学时代的先生多次前往该处，他甚至带着我去走了一遭。先解释一下先生与我的关系吧，我父亲幼年经历维新的动荡，是个业余的有职故实[②]家，他热衷此道，让我这个独生女学画，好协助他的研究。我十六七岁

① 第一高等学校，已于1950年废除。

② 研究朝廷与贵族风俗、礼仪、历史、习惯的学问。

时，已经能在上过胶矾水的薄美浓纸上，拓画垫在下方的绘卷碎片，也能丝毫无误地写生，画下残存的头盔、护颈。然而，我没办法自己画出一幅独创的绘画作品。

先生几乎可说是唯一一个在父亲家出入的青年。虽然父亲还有其他往来的对象，不过全都是老年人。那阵子特别流行“成功”之类的话题，在女孩们梳起西流髻的时代，他却在搜集被虫蛀食的旧书古籍，肯定是个特立独行的青年。尽管如此，父亲仍然赞美他是个“近来少见的有为青年”。

先生是没落望族的家中排行第三的男孩，虽然念了书，大半的学费都得靠自己筹措。先生想在兴趣方面发挥所长，他会帮歌舞伎的道具负责人想办法，也会研究百货公司的装饰人偶服装，从这些工作获得些许酬劳，拿来补贴学费。他好像过了不少苦日子，不过穿着却不马虎。

“别随便挥霍你费尽苦心学来的才能……”

父亲一直告诫着先生，从这句话里便能听出父亲对先生的苦心，无怪乎父亲在即将过世之际收养先生当养子，并把长年苦心搜集的珍品，以及我这个助手都送给先生。

婚事谈妥后不久，我在先生的带领之下，首次踏上了东海道。

过去我只把这名青年当成朋友，如今要把他当成丈夫，使我有些尴尬、不好意思，不过，我对这件事倒也不是毫无预感。在狭小的工作圈和社交圈里，呼吸着相同空气的年轻男女，最后一定会成双成对，这是我那宛如池中鱼般的本能感受到的结果。我既不觉得害羞，也没有改变讲话的口气，在这段旅行中，我顶多只能做到不拒绝他对我的照料。

在静冈车站，我们刚下夜行火车，立刻雇了车站旁的人力车，把我们拉到市区。巨大的腌山葵和鲷鱼松的招牌，从黎明朦胧的雾霭里，徐徐地在头顶显现。对于鲜少旅行的我来说，这是一段愉快的回忆。

行经两家还没开门的安倍川麻薯[1]店，马上听见湍急的河水声，眼前是雾气缭绕的安倍川。路上有车轮碾过的痕迹，车子拉着我经过跃动的桥板，清凉的雾气抚拭我那因为搭夜车而睡眠不足的眼皮。

在这前不着村、后不着店的地方，只有两排乡间房舍。这里据说是重衡[2]东行时在镰仓爱上的游女[3]千手前的出生地——手越里。重衡遭斩首之后，千手前出家为尼，进了善光寺，辞世时二十四岁。先生在前面的那台车上，简单地向我说了这段故事。话说回来，刚才来的路上，正对着山门的地方，有一座寺庙，两旁都挂着“针灸名处”的牌子，我正觉得有几分优雅的古趣，于是我问道：

“从前的游女也会谈这么守节的恋爱吗？”

---

① 静冈名产，一般麻薯只在表面裹一层黄豆粉，安倍川麻薯除了黄豆粉之外，还会再裹一层砂糖。

② 重衡，指平重衡，日本平安末期的武将，平清盛的五男，平氏灭亡后，遭到源氏枭首。

③ 妓女。

车夫贴心地拉近我与先生两辆车的距离。

“并不是每个人都这样……当时，能到贵客面前的游女，通常都有稳定的谋生能力。另外，这样的浪漫史，在年轻游女身上比较常见到。”

“这表示千手少不更事，才会同情重衡不幸的遭遇。”

“再说，当时的镰仓虽然算是新兴城市，但毕竟还是乡下，远不如京都的文化底蕴深厚。到了三代实朝[①]的年代，情况还是差不多，所以当时镰仓的千手前才会去见来自大城市的优雅年轻公卿，她或多或少把与公卿谈恋爱当成目标，并对此感到自豪。”

我不假思索地再次回顾手越里。

我与先生当然从未聊过这类与情爱有关的话题，也从不聊现代的事情。这些事对我们这种呼吸着热爱古文物的古典家庭之空气长大的人来说，

① 三代实朝，指源实朝，镰仓幕府的第三代征夷大将军。

未免太赤裸了，甚至我会感到某种程度的厌恶。然而，我们偶尔也会像这样，借着历史事件聊起这类话题。这让我们两人之间多了几分温暖的亲昵。

在宛如驿道的路上，路旁是绵延不断的老松树林的树荫。来到树木夹道的尽头，天色倏然亮起，我们进入分布在几座圆形山丘之间的开阔田间，人力车在小径上全速前进。小溪上架着一座木板桥，在桥边右侧看似茶铺的茅草屋前，人力车放下拉杆。

“来。丸子[1]到了。”

诚如他所言，纸拉门上写着“名产山药泥拌饭”。

“你饿了吧？等我一下。”

说着，先生拉开拉门，走进店里。

我记得那时大概是四月底吧，倘若已经是五月，大概也没过几天吧。

---

① 位于静冈县。

静冈一带相当暖和，所以我穿着轻薄的棉外套，手上拿着写生簿和大衣。附近的杜鹃绽放出美艳的花朵，圆形的山丘上整片都是茶树，装点着草绿色的新芽，宛若整排的莺饼[1]，就连大气中仿佛都飘散着一股隐约的香甜味。

我们进入里间[2]，虽说是里间，房里只有奈良渍[3]色的榻榻米，还有摇摇欲坠的拉门，在山药泥拌饭送上桌之前，我们等了一段漫长的时间。从拉门的细缝中，可见田地远方的后山。残莺鸣叫着。虽然山药泥拌饭是丸子宿的名产，现在也没什么人吃了，这家店似乎成了一般餐馆，三四名带着仪器、看似测量耕地的一行人，以及将马系在门口的马夫，在早晨忘记关掉的电灯之下，一边用餐一边高声谈笑。

---

① 日式点心，把包着馅的麻薯捏成椭圆形，再把两边拉尖，类似树莺的形状，再滚上青大豆制成的黄豆粉，是早春时分享用的甜点。

② 最深处的房间，通常是最好的房间。

③ 以盐腌渍瓜果类蔬菜，存放于酒粕中，呈琥珀色。

先生怕我无聊，从怀里拿出东海道分间图绘[1]，翻着页面向我说明。它像是地图与鸟瞰图的综合体，先认识写在平面上的里程及距离，再从自己站的位置左右张望，把见到的山、神社、佛寺及城堡，以侧面缩略图的方式画在上面。当然也有以改良美浓纸印的复刻本，更能体会菱川师宣[2]原图收放自如又素雅的情趣，然而却已经完全感觉不出自然的风情了。

“过去的人们，有需要就会直接发明，所以才做出这么方便又有趣的东西。也就是说，他们不会先基于现实的概念建立一套大道理……要是现在也能做出这种东西，不知道该有多方便啊！”

刚开始，他应该是为了体恤我才打开话匣子，不知不觉中，他只身进入思慕的古典之地，自顾自地说了起来。我在父亲身上常常见到这种古文物学

---

① 远近道印于1690年绘制的东海道地籍图，再由菱川师宣画上街道的景色。

② 菱川师宣，日本首位浮世绘画家。

者的习性，也不觉得奇怪。不过，在两个人的第一次旅程中，尤其是在这种地方枯等，对方却是这种态度，我感到有几分寂寞。为了转换心情，我将拉门稍微拉开一点儿。

上午的阳光果真炫目迷人。“山药泥拌饭来了——”上了年纪的女服务生把它端上桌。虽然做法没什么特别之处，刚煮好的饭散发着香喷喷的蒸气，配上气味宛如神仙之土的山药，一如预期中的美味。为了怕香气逸散，青海苔作料我可没用洒的，而是整碗倒进去。

先生问服务的老婆婆一些奇妙的问题：“皆川老人呢？”“看牙的呢？”“彦七呢？”关于这些人的消息，老婆婆有知道的，也有不知道的。从他们的言谈中得知，似乎在这条街道上来来去去的有各行各业的旅行者。当先生问：“作乐井先生呢？”她回答：“唉，他刚才从门口经过。如果你们要去山口，大概会遇上。”

先生说：

“我们是会去山口啦，不过会绕路……而且我也不是非见他不可。”

话题就此打住。

我们离开店铺的时候，先生向我补充说明：“在这东海道，有许多可以称为‘妙人’的人。”

小径左右两旁丛生的竹林愈来愈茂密，不久，两座小山耸立在眼前。先生说明，那是天柱山跟吐月峰。我父亲是个有洁癖的人，每天早上都叫我清理烟灰缸里的灰吹[①]。父亲起得早，我总是硬撑着睁不开的眼皮，用磨刀石把灰吹磨一磨，父亲则坐在客厅里，把烟斗放在膝上，安静地等着我。我慌慌张张地拿过去，父亲则会蹙起眉头，退还给我。我只好再磨一次。当时，倒着的灰吹口附近，手指拿着的地方，有一个已经磨损的烙印，烙着“吐月峰”[②]，这个字眼总是映入我的眼帘。竹子的色泽宛如被春阳柔和照亮的天空，这几个字优哉地躺在上

① 烟灰缸里的竹筒，用来吹落烟斗里的残灰。

② 日文中烟灰缸又称“吐月峰”。

面，正在气头上的我觉得它更面目可憎了。

将灰吹的口磨得光可鉴人，过了父亲这关的时候，父亲会说“谢谢”，把它插进烟灰缸里，点燃烟管，说着：

“托你的福，可以抽上一管清晨的美味香烟了。”

这时，父亲会对我露出难得一见的微笑。

自从母亲过世之后，他一个男人在女佣、帮佣的老婆婆及部分门生的协助之下，将我一手带大，除了研究古文物的乐趣之外，父亲的人生看起来似乎已经没有意义，万分寂寞。然而，以前的人不知道如何表现心里的关怀，这也是没办法的事。晨间，他在打扫干净的客厅里，沉浸于幽寂娴雅的心境中——那是敞开自己心房的唯一方法，只有借着这个机会，才能对女儿报以微笑，坦白地表现父爱。自从我懂事以来，便觉得父亲很可怜，我尽己所能，想办法将灰吹洗干净。后来，我也觉得烙印在灰吹上的“吐月峰”这几个字蕴含着让这可怜之人喘口气的意义。

待我和先生的婚事定下来之后，从那天起，父亲就让门生接下清洁灰吹的工作。我觉得有点儿遗憾，于是说："我帮你洗嘛。"他还是说："算了。"怎么也不肯让我碰。他也不再让我画参考用的写生画和缩略图了。他应该是认为女儿已经是养子的人了。老派的父亲实在是太固执了，害我偷偷掉了不少眼泪。

相对于周遭带点圆弧的平凡地形，天柱山与吐月峰十分突兀，特别引人注目。然而，山势却非笔直矗立或高耸入天，全都是宛如斜肩一般的柔和曲线。这不自然的模样，让两座山峰看似人工庭园里的山，与山脚下的茅屋草堂，共同构成一幅画，逐渐逼近我们的眼前。

走进柴门后，有一座雅致的庭园，在兼具寺庙及茶室风格的房子入口，挂着一对古趣盎然的对联。对联写着：

初园之竹生嫩叶，

山樱之色成红霞。

看来先生对这里十分熟悉，拉开柴门，引领我走向中庭，在那里把我叫住，一起进入草庵。屋子里只零散地放着制造灰吹的工具及竹材，不见人影。

先生毫不在意，继续往里面走，对着排在架子上的宝物，命我“把它画下来”。那是一休①用过的铁钵，还有顿阿弥②塑的人丸③木雕像。

我拿出随身携带的笔，开始画图，先生则拿起掉在地上、被淘汰的新灰吹，抽起卷烟，有一搭没一搭地跟我说话。

“创建这座草庵的宗长④，连歌方面是宗祇⑤的弟子，禅宗则是师从一休，不过连歌师的知名度比较高。他原本是岛田人，那是往前走的第三个，晚

---

① 一休宗纯，临济宗僧侣，才华横溢，留下不少轶事。

② 阿弥源于镰仓时代末期兴起的时宗，信奉阿弥陀教男性信徒的法号。

③ 人丸，指柿本人麻吕，日本诗人，亦称为读音相同的人麿或人丸。

④ 宗长，连歌师，号柴屋轩。

⑤ 宗祇，连歌师。

年，在斋藤加贺守[①]的庇护之下，从京都东迁，在这里定居。据说庭院仿造银阁寺，规模较小。

“到了室町末期，在乱世之中创作连歌这类没用的文字，可是一件趣事，在东国的武士之间十分流行，真是奇妙。当时有个从京都下乡的连歌师，附近的城邀请他共同创作连歌，请他担任发句[②]，而且，那也是个明日即将出征的城，竟邀请他参与宴席，请他写旅行记录。日本人对风流雅事，也许拥有与众不同的精神吧。”

先生说，有些连歌师利用职业之便，成了京都对关东方面的间谍或密探，宗长一定也做过类似的事情。以太田道灌[③]为首的东国城主们，都是风流雅事的热切拥护者，因此，连歌师的文章留下不少当时东海道的风景。

---

① 斋藤加贺守，斋藤安元，丸子城的城主。

② 连歌由五、七、五的音节构成，通常会请德高望重者提出第一句，再由众人连续作成连歌。

③ 太田道灌，修筑江户城的武将。

相较之下，我认为宗长这个连歌师，虽然来到关东这个无比宽广的大自然中，对没落的京都文化仍然难以忘怀，好不容易找到这两座类似上方[①]自然环境的小山峰，在山下过着宛如小蜗牛般的生活。我开始对宗长的这种生活，感到一股如同楚楚可怜少女般的爱怜。我当下打定主意，等我们离开的时候，要再次造访仿银阁寺的庭园，将天柱山、吐月峰瞧个仔细。

先生在新的灰吹里塞了一点儿钱，放在工作室入口的门槛上，笑着说：

“凡事靠灰吹。这就是禅或是风流雅事吧。”

“走吧，接下来是宇津山峰，就是业平[②]诗中‘骏河宇都山脚处，现实或梦不见君’的宇津山。上坡有点儿辛苦，把你的东西放在这里，我帮你拿。”

行经隧道时，火车正好开过来，把现代的烟雾

---

① 指京都。

② 业平，诗人，据说《伊势物语》即为业平的故事。

吐在我们身上，接下来进入与现代完全绝缘的古山道。小径左右两旁全是茂密的森林，我们在山崖边蜿蜒前进，偶尔会被树梢的叶片遮住视线，前方昏暗不明。来到这个地方，空气冷冽，右侧奔流的溪水声突然拔高。不知是什么鸟在啼叫，发出宛如摩擦陶瓷器碎片的尖锐鸣声。

我回忆起以前看过的戏，默阿弥[1]作的《茑红叶宇都谷山峰》，其中杀死文弥的那场戏，以订婚男女的初次旅行来说，先生选了一个不太浪漫的舞台，我有点儿害怕地跟在先生后头。

先生经常停下脚步，用洋伞拨开草叶，提醒我说："离它远一点儿。"常能看到齐腰深的草叶上趴着大个的蛤蟆，与我近在咫尺。尽管我处于惊惧之中，仍然不可能没发现自从先生走进这条古山道之后，仿佛变成另一个人，朝气蓬勃，脸上充满生气。他挥舞着洋伞，张开手臂，扯下山白竹的叶

① 默阿弥，河竹默阿弥，歌舞伎狂言作家。

子。他轻巧的身段，宛如少年，也像是走进自己领地的园主，悠游自在。他经常询问我的意见：

“东海道很棒吧？”

我只能回答：

“还不错。”

我突然有个念头，像我这种浸淫于古典之中的人，是不是也有在古典之中追求浪漫的本能呢？进入另一个天地的机会来得太急，我竟忘了疲惫，只能加快脚步，跟着先生走，终于来到山谷里的一方平地，那里有两三户人家。

“许六[1]诗里有‘缩水十团子，秋风瑟瑟吹’，这里就是卖十团子的地方。”

先生说着，让我在一家摆着传统零食、吊着草鞋的店门口休息。

我们喝着老板娘端来的浓茶，这时老旧的拉门打开了，一名穿着毛料外套的中年男子走出来，向

---

① 许六，指森川许六，俳句诗人，松尾芭蕉的弟子。

我们打招呼。

“嘿，怎么这么难得？”

先生回答：

“哦，这不是作乐井先生吗？你还在这一带啊。方才在丸子，正要进山的时候，就听说你的事了。”

“走到半山腰的时候，我想起江尻[1]还有工作忘记做了。这下非回去一趟不可了。我刚才在店里一边喝酒，一边想着这件事。”

中年男子直盯着我瞧，先生老实地向他介绍我的身份。中年男子客气地对我说：

“画画方面，我算是晚辈了，算了，我还有其他工作，像是卖蔬菜。”

“唉，现在时间刚刚好。进来里面跟我喝一杯吧。顺便吃个午饭如何？”

男子从屋檐边角仰望天空一眼，熟门熟路地走进店里。虽然先生还是青年，经常在家里陪父亲晚

① 位于静冈县。

酌，他瞄了我一眼。我见了这名叫作乐井的男子那怀念的眼神，也不好意思反对，便说：

“我不介意。”

在乡下粗墙屋舍的里间，先生与中年男子喝起酒来。打开里面的纸拉门，外头层层叠叠的断崖在眼前展开，远州[①]的平原就在其间，平常应该是一望无际，在浓雾笼罩之下，只能见到隐约透出的金色，好像是油菜花田。老板娘忙进忙出，还要斥责跑来偷看的小孩。不知道我是否已经沉入旧时代的深底，我感到几分不安，同时，又迷恋上这股无可比拟的沉静气息，在一旁剥着水煮蛋。

“前阵子，我在岛田找到一户人家，他们有大井川渡河[②]时用的莲台[③]。正想着下回遇到你的时候，要告诉你……”

---

① 日本旧制行政区，相当于静冈县西部。

② 德川家康时期，为守护交通要道，禁止搭建桥梁，只能搭船渡河，随后颁布各项规定。

③ 类似轿子，由数人扛着，步行过河的交通工具。

接着又聊了石部宿现在还残存一户人家，挂着代表酿酒厂的旧式杉叶球，也告诉先生参拜伊势神宫的风俗，想了解道中歌[1]可以问关宿的老人家，建议了不少可供先生研究的资料，也许是看我无聊，便说：

“夫人，这条东海道，只来一两回的话，会觉得很稀奇、赏心悦目，要是不小心迷上了，可就出不去啦。请您小心。”

他说要是迷上了，就会像被麦芽糖粘住的蚂蚁。

“这样说也许不太好，您的先生也是被粘住的人啊。”

他很喜欢喝酒，不过酒量好像不太好，已经满脸通红，声音里也越来越流露出真感情。

“这条东海道啊，山、河跟海的位置恰到好处，而且和驿站的距离也安排得很妥当，就风景来

① 旅行者在旅途唱的歌曲。

说也很有趣，是一条难能可贵的路线，自从五十三个驿站于庆长年间[1]落成以来，有几百万人行经这条路，在旅途中饱尝寂寞，或是得以解闷。而这些古人的心情，已经深深地沁入泥土里、松树里以及所有的屋舍里了。我想就是这些味道，更能触动我们这些重感情的人。”

他的口气听起来不像在寻求我的认同，我也不知道该怎么回答，只能微笑点头。语毕，作乐井似乎进入了自己的世界，摇摇头说：

“您的先生应该很清楚，仔细想想，我啊……”

他开始说起自己的故事。

“我家在小田原，原本是个谷物商，娶了妻子，生了三四个孩子，三十四岁之时，因商务之需，突然踏上东海道，从此上了瘾。后来，我再也无法乖乖待在家里。早上从这个驿站出发，晚上抵

---

① 日本年号，1596 年至 1615 年。

达下一个驿站。独自走在其间的心情，并不是这辈子再也回不了刚才出发的驿站，而是把即将抵达的驿站当成自己唯一的目的。我想，旅行都会有这样的心情，不过，除了东海道之外，再也没有其他路线能让我有如此深刻的感慨。不管来几趟，我每次都能沉浸于崭新的风物及崭新的感慨之中。从这里往东边走，我感慨最深的就数——

程谷及户冢之间的烧饼坂与权太坂
箱根旧街道
铃川，松树林荫道及左富士[1]，
还有这个宇津之谷

“不可思议的是，直到今日，在旅人的心目中，依然认为这条东海道是通往京都之路，随着住

① 东海道由江户前往京都的途中，通常富士山都在道路右侧，在少部分地区由于道路弯曲，可以见到富士山在左侧的景象。

宿地点增加，在抵达大津之前，都很紧张，也会维持着喜悦的心情。然而，抵达大津之际，便突然失去力量。像我这种没什么要紧事的人，去京都有什么用呢？

“后来，我又搭火车回到品川，从那里开始，宛如道中双六[①]一般，一步一个脚印地上行到京都。为什么要这么做？为了找到目的。用现在流行的话，该怎么说才好呢？憧憬，没错，就是为了创造憧憬。

“我一而再，再而三地离家，怪不得老婆对我恩断义绝。我老婆带着孩子回娘家去了。她的娘家在热田附近，日子还过得去，虽然不用我担心，不过，我还是必须隔三岔五地给孩子们寄一些学费。”

作乐井是一个能干的男人，他会裱布，也能做一些门窗、泥水工作。他能独力为拉门重新裱纸或

① 将东海道五十三次的绘画，依照江户到京都的顺序，排列成升官图的游戏。

布，再加上书法及绘画。他以此维生，成了各大店铺的熟面孔，于是他更离不开这条街道。与家人分开之后，他说近二十年之间，自己把东海道当成住家，在此来来去去。

“这样的人，可不只我一个哟。我还有不少同伴。”

接着又说：

“我本来打算带着夫人一起到大井川一带，可是我忘记处理的是砌墙的工作，这工作必须配合干燥天气，所以我要回去。不过，反正您有先生陪着，我大概能想象会是什么情况。”

我们用过简单的餐点，便与作乐井各分东西。我突然想起昏暗的隧道就在前面的某处。

后来，我们也下了山。来到冈部驿站，那里有许多屋檐宽阔的矮房子。似乎是采茶时节，随处可见烘干茶叶的情景，也能看到制茶师傅红铜色的裸体，在黯淡无色的镇上，特别醒目。我们在藤枝的驿站，去见了相传熊谷莲生和尚[①]向某位富豪念经借得盘缠之处，当时的宅邸遗址如今已成了水田，我们看着新苗随风轻轻摇曳。到了岛田，我们去寻访作乐井告诉我们的、收藏川越莲台的人家，把它画下来；再来到大井川的河堤，瞭望无边无际的河原，有数也数不清的石子及泥沙。我觉得那仿佛是初夏明亮阳光也无法完全消融的各种人世间的烦忧。河堤宛如一丝细发，横亘其上。这里最有名的就数朝颜之松[②]，已经长成两棵了。是夜，我们从岛田搭火车返回东京。

婚后，先生也多次前往东海道，其中，他两度带我同行。

而且每次我都不再有所顾忌，抛开一切地只是沉浸在街道上微醺的冰冷空气里。或许我也已经成

① 指熊谷直实，原是日本武将，出家后法名莲生。

② 江户时代传奇小说《朝颜日记》中，女主角朝颜因哭泣而失明，后来在此松之前重见光明。

为这条街道的俘虏了，我觉得在那萧条的街道中，暗藏着某种热闹的气氛。

有一回，我们从藤川出发，在冈崎参观藤吉郎[①]的矢矧桥[②]，也曾探访池鲤鲋镇郊外的八桥古迹。那是白萝卜花结荚的时候。

那里是一个有少部分湿地的平原，还有气无力地夹杂着田地及高高低低的沼泽地。畦沟流经此处，混浊的水流上，架着一座木板桥。周遭近乎可悲地没有任何遮蔽物。河床似乎比土地还高，只能在较高处的堤防上看见一排枝叶修剪得稀稀落落的松树。先生说："把这里画下来。"我拿出随身携带的笔筒，不过，对于只会画标本画的我来说，只能将这自然情景画成莳绘[③]，画到一半就打住了。

---

① 即丰臣秀吉，日本武将。

② 亦作矢作桥，相传秀吉年幼时在此得到赏识。

③ 用金、银粉在漆器上绘画的技术。

越过三河[1]与美浓[2]交界的境桥，慢慢进入丘陵区，我们行经田间小径，据说这一带是桶狭间的古战场[3]。就战场来说，我觉得这个地方十分狭小。

鸣海的绞染特产店，就只有一两家。车夫说："两旁的豪宅都是以前卖鸣海绞染致富的人家。"打从池鲤鲋那一带起，我就发现一件事，此处的破风[4]都在房子正面，对于在东京长大的我来说，这里的房子好像把侧面盖成正面。先生说：

"从这一带起，都用伊势盖法。"

那天，我们从热田返回东京。

寒风催得沧桑貌，吾身犹似竹斋也[5]

① 日本旧制行政区，今爱知县东部。

② 日本旧制行政区，今岐阜县南部。

③ 桶狭间之战，1560年发生的日本战役，织田信长在此战中打败今川义元，就此崛起。

④ 在屋顶上端，沿着屋顶边缘的造型板。

⑤ 江户初期的小说作品《竹斋》，描述庸医竹斋带着仆人游历日本各地的故事，此为芭蕉俳句，形容自己历经风霜，宛如行遍各国的竹斋。

到了十一月底出发前往东京的时候，先生嘴里念着这个句子。我问："什么意思？"

"有一本古老的东海道游记式小说，叫作《竹斋物语》。竹斋就是小说里的主角，是一名庸医。芭蕉[1]借这个作品吟诗。应该是芭蕉没错。"

"那我们是男竹斋跟女竹斋啰？"

"差不多吧。"

我们的婚姻中没什么激情的时光，就这样走进了平平淡淡的夫妻生活。这时，父亲已经去世了。

那一回，我们的目标是越过铃鹿。我们搭火车至龟山，接着按照往例，搭乘人力车。龟山城的石壁光裸，耸立于枯桑之中。进入寂寥的关町城镇之后，先生拜访作乐井去年跟我们说起的老人家，他们聊天的时候，先生命我画下他们保留的物品，如参拜伊势神的浅黄色护脚布及护身小刀。还去了福藏寺的小万之墓。

---

① 松尾芭蕉，俳句诗人，后人尊为俳圣。

关町小万的洗米声，传一里，响彻两里

据说立志报仇的美女小万力大如牛，才会留下这首歌。参拜了关的地藏尊，我们走进山里。

这趟满是肃杀秋意的旅行，萧瑟寂寞，深沉彻骨。

“那是野生猴子的叫声。”

先生微笑地叫我仔细听。我侧耳倾听，见了来到此处益发充满活力的先生之后，让我羡慕、嫉妒不已。

“这寂寞，真想让人交出自己的全副心魂，任凭处置了。”

“在这座山谷的深处，有一股强大的力量，不过你是女的嘛。”

我们撞见广为传唱的小调中的“间土山”①。那是一个很小的村镇，也能看到飘在屋顶旁的中风药

---

① 东海道铃鹿山下方村镇的土山。

的金色招牌，相对于前面的寒山枯木，能见到有血有肉的人，让我无比欢欣。

搭车前往狂风呼啸的三上山下，从水无口一路通向石部。原来如此，这里的酒店果真如作乐井所言，有户人家的屋檐下方，挂着杉叶揉成的圆球，下方挂着旗子当招牌。先生说："哦，这就是酒店的记号。"

琵琶湖的水在高处流动，行经下方开通的隧道之后，我们冲进草津的乳母饼店。玻璃门里，灶上放着茶壶，煨得十分暖和，在彩色玻璃窗的光线照射下，鱼缸里的金鱼鳞片闪烁着七彩的光芒，悠然游动。往外一看，可见远方的比良山及比叡山顶，都冠着一层雪云。

先生吃着饼，笑着说：

"接下来是大津，再来是京都，套句作乐井的话，尽管同在东海道上，但是越走，对驿站的期待越少了。"

我说：

"作乐井先生现在大概也走在某个地方吧，在这片寒空之下。”

我想起流浪者的处境。

后来，又过了二十几年。我跟先生一起去名古屋。先生接到那里刚刚落成的博物馆的委托工作，我则是为了拜访先生的弟子，他到当地的学校工作，组成年轻教师的新家庭。

再说到我们后来的经过，实在是极为平凡。先生大学毕业之后，到美术工艺学校及另外两三处工作，由于他研究的内容十分冷门，经常接到各方洽谈，忙得分身乏术，不久，再也没机会前往东海道了。不过，他偶尔会自言自语地说着，好想去爬小夜的中山，吃日坂的蕨饼，或是想着走在御油、赤阪[1]之间的松木林荫道上，只是频率愈来愈少了，这阵子跟东海道的缘分，顶多只是为了一件棘手的调查案，在蒲郡的旅馆待了大

① 日坂、御油、赤阪皆为东海道的驿站名称。

约一周，其间临时赶到丰桥采购所需的用品，仅止于此。

自从我为人母亲之后，已经无暇他顾，标本写生也另外雇用女子美术学校的人来处理，光是主妇的工作，就让我忙得不可开交。然而，我至今仍然有一件憾事，当时只顾着拓画，没能画一些自己想画的东西。幸好儿女之中，有个喜欢音乐的儿子，我想培养他成为作曲家，姑且不论程度优劣，我想要尽己所能，塑造他成为一名能够自由挥洒自我想法的人。

在这种情况之下，先生与我都把东海道忘得一干二净，两人各自投入自己的事业里，当名古屋的工作即将告一段落，那晚，我们在饭店的房间里，边喝粗茶边闲聊。结果，先生突然说了这些话：

“好久没有两个人一起去旅行了。要不要晚一天回去，去久违的东海道，在附近随便找个地方走走吧？”

在这么忙碌的日子里，我原先没把先生的话当一回事，仔细想想，未来的漫漫长日，不知道什么时候还能出门旅行，先生的话逐渐打动我的心。

我回答：

“对啊。真的好久没去了，走吧。”

话才说到一半，我觉得自己仿佛在谈自己的初恋，感到一股热潮。明明连初恋也没谈过，那也不是我初恋的地方，我却奇妙地想起那个地方。我们决定在隔天早上搭火车前往桑名。

一早，正当我们要从饭店出发的时候，先生有访客。看了写着“小松”两字的名片，先生似乎摸不着头绪，再次询问门童对方的来历。门童说：

“对方表示，只要说他是您以前经常在东海道碰面的作乐井之子，您就知道了。”

先生命他将对方带到房里，对我说：

“喂，你以前也在宇津那里见过吧。听说是那个作乐井的儿子。姓氏不一样呢。”

进来的是一名穿着整齐西服的壮年绅士。我几乎忘记了，完全想不起来，不过，我觉得这名绅士也有作乐井先生那亲切和蔼的眼角。绅士客气地行礼，表示他在这边铁路公司工作，是一名技师。昨晚，他去俱乐部的时候，突然听说亡父一直挂在嘴边的名字，那位人士不久之前来到本地，住在N饭店，于是立刻来访，他简洁地叙述事情的始末。又说小松是母亲娘家的姓氏。他是次子，由于母亲的娘家没有子嗣，所以过继给他们。

“所以作乐井先生已经过世了吗？哎呀。不过，算起来他的年纪也很大了。”

“是的，要是还活着的话，已经年过七十了，他在前年过世。七八年前，他的身体还很硬朗，还是老样子，在东海道来来去去，后来患了神经痛，即使是那样的父亲，也只能让步，乖乖待在我家。”

小松技师的家在热田附近。轻微腰痛的日子，作乐井会从家里拄着拐杖，从笠寺观音开始，在附近那些断断续续、依然残存的低矮房子里，探寻松树包夹着的旧街道风貌。对于作乐井来说，比起住在从小田原搬到横滨市的长子家里，这才是他住在热田次子家的理由。

“我也经常陪父亲一起出门散步，不久，我似乎领会了东海道的趣味。这阵子，每逢放假的日子，我一定会去东海道的某个地方走走。”

小松技师说了很多关于作乐井的事：晚年的作乐井，在东海道成了小有名气的画家，不再做裱布或盖门窗的工作了；后来作乐井在街道发现一些可供我先生参考的消息时，他把这些事情记下来，以便日后告诉先生，总有一天，他要把这本笔记寄到东京；作乐井腰部神经痛愈来愈严重，自从他卧病在床后，回忆着曾在同一条街道上流浪的同伴，病情最后终究没能好转，他提起当年只有我先生最狡猾，因为从街道半路脱身，难能可贵地发达了。听他说着这些话，先生只能露出苦笑，不知不觉聊了很久，已经十点多了。

小松技师打道回府的时候，正色地说：

“坦白说，我来这里，是有事相求。”

他沉默了一会儿，看到先生一脸亲切的表情，便安心地说：

“我也对东海道做了少许研究，相信您也明白，这里的自然变化、都会及驿站市镇的生活、名胜及古迹，比例恰到好处，别处可找不到这样的街道。如果我们能够用整修等方式，将该保留的地方保留下来，加入一些更方便的新设施，将来应该会是日本一大观光路线。凭我一个人，无法胜任这份工作，不过，未来我打算向公司提起这件事，专心投入这个计划，把它当成我一生的事业。”

他提前向先生请求：“届时，盼你看在与亡父情谊的分上，以东海道爱好者的角色，助我一臂之力。”

“我愿尽微薄之力。”先生点头后，他亲切和蔼的眼角闪烁光辉，不断答谢。后来，听说我们即将前往桑名参观。

“那里有我熟识的朋友，我马上打电话过去，请他帮忙。”

说完就离开了。

小松技师回去之后，先生双手盘胸，沉思了好一会儿，对我说：

“憧憬本身并未改变，不过，父子俩追求的方法不一样了呢。时代果然不同了。”

听了先生的话，我想起二十几年前，作乐井为了随时抱着希望，不断更换新的期待，沿着东海道上行，一直到大津，又回到出发地，不停反复的故事。

我说：

“果然有血缘关系。还是应该说，这就是人之常情呢？”

从火车窗里，可以看见伊势路的群山。临近冬日的原野，不管是农家屋檐附近，还是田畦，全都晒着白萝卜。天空宛如玻璃般澄净，太阳高挂。

我的身体随着车身晃动，心想像我这么平凡的半生，历经二十年后，我感到其中似乎也有一些剧烈的悸动。当我在某处，与素未谋面的他人接触时，我想着作乐井与他儿子的时代，以及父亲和我，以及我们的孩子的时代，我的心不知不觉已经急着飘向桑名去了。先生舒服地打着盹，他的发旋儿隐约可见浮起的白发，闪闪发亮。

第二辑

味觉憧憬

家灵

这个家好奇怪，每一代老板娘的老公都很放荡。我的母亲，还有祖母，都一样。丢死人了。不过，只要坚持忍耐，紧抱着柜台不放，想办法一直挂着暖帘，又会发生奇妙的事，总会有一个人，用生命来安慰你。

在山手①的高台，有一个由电车轨道交叉而成的十字路口。在十字路口之间，有一条更细的岔路，那是通往下町谷区的坡道。坡道途中的八幡宫对面，有一家知名的泥鳅店。入口在光可鉴人的千本格子②墙正中央，挂着古老的暖帘③。暖帘上以御家流④字体，染出白色的“命”字。

泥鳅、鲇鱼、鳖、河豚，夏天还有汆烫鲸鱼

① 指都会的高台区，相对于低处下町的说法，东京则指西侧台地。

② 由密集直长条构成的格子墙板，多用于商家。

③ 写着店名的布帘。

④ 日本的书法流派。

鳍——据说这类食品可以恢复精力，由于过去创始人的过人创意，把这家店取名为“命”。当时应该是崭新的名号吧，过了几十年，早已成为平凡无奇的文字，没能勾起任何人的兴趣。然而，关于这类食品，由于这家店有特殊的料理方法，价格又便宜，所以客人总是源源不绝。

四五年前，曾经有过一个浪漫的时代。当时人们认为“命”这个字结合了动荡及虚无，从中引发出来冒险的精神，让人固执地追逐着黎明。于是，店面暖帘上因久洗而褪色的文字，也扫尽数十年来的煤灰，为附近的现代青年带来某种冲击，尽管那是即兴的冲击。他们来到店门口，眺望暖帘上的字，以忧郁的青年范儿，说：

“累了。来一碗命吧。”

同伴则会心领神会地说：

“我看你才是没命的那个吧。”

众人互拍肩膀，蜂拥而入。

用餐区是一个宽阔的榻榻米房间。凉爽的藤编榻榻米上，四面铺满细长的木板，就成了餐桌。

客人上来坐在榻榻米上，或是直接坐在泥土地的椅子上，在餐桌上吃饭喝酒。客人面前的食品，多半是火锅或汤品。

四周充斥着蒸气和烟雾，只见伙计把抹布挂在手够得着的高处，木板墙的下半部则发出铜一般的红光。上半部延至天花板的部分则是一片漆黑，宛如灶里。白天也不经遮掩的水晶灯，将室内照得十分明亮。漂白性的光线不仅将榻榻米房间照得宛如洞穴；光线还照在客人以筷子夹起并送入口中的佳肴鱼骨上，仿佛白色的珊瑚枝；照在盘子里堆成小山的葱白上，泛着好似白玉的光彩。这光景，反而让在座者成了飨宴中的饿鬼。也许是因为客人们在享用餐点时，总是弯曲着身子，像在啃食什么不可告人的食物吧。

一面木板墙上，有扇中型大小的窗子，还有一个突出的架子。厨房将客人点的餐点送到这里，再由年轻女服务生端给客人。向客人收取的费用也放在这里。窗子里，斜斜摆着一张格子柜台[1]，以前随时都能看到老板娘母亲的白皙脸孔，她在这里监看、收钱。现在则能看到女儿久米子小麦色的脸庞。为了监督女服务生送餐及用餐区的情况，久米子经常从窗子窥视。这时学生就会发出奇妙的声音。久米子苦笑着命令女服务生：

“好吵哦，多拿些作料给他们吧。”

女服务生忍住笑意，刻意将切碎的葱堆成一座小山，送到学生的座位，学生看到这堆刺激性的蔬菜，认为这是久米子受影响的证据，发出胜利的欢呼。

久米子在七八个月前回到这家店，代替生病的母亲，坐进这个格子柜台。久米子自从上了女子学校之后，就对这有如洞窟的家恨之入骨。她实在是恨透了家里这门向世间老者、精力耗费者提供食疗法的职业。

① 前面有格子板的矮桌子。

人为什么对衰老感到极度恐惧？衰老就衰老，有何不可？世上没有任何一样东西，会比强迫人们充满无耻味道、充满如油脂般发光发亮的精力更卑鄙无耻了。久米子是个连闻到初夏锥栗树嫩叶的气味都会头痛的女孩。比起锥栗的嫩叶，她更爱叶片后方天空中的那轮明月。也许是这样，反而让她充满了年轻的气息。

男人负责采购及掌厨，媳妇或女儿负责管账，是这家店代代相传的规矩。既然自己是独生女，总有一天要招赘，一辈子都要当这座饿鬼窟的女看守。忠于这份工作的母亲，由于职务关系，几乎没有个性，完全不可靠，她的脸像是戴着能剧小面[①]，只有白色与鼠灰色的阴影。一想到自己不久之后也会变成这副德行，久米子便浑身发抖。

趁着就读女校的机会，久米子几乎等于离家，走上职业妇女之路。她绝口不提这三年来她

---

① 能剧中代表最年轻女性的面具。

做了什么、过着什么样的生活，顶多只会从寄宿的公寓寄明信片回家。久米子回想起那三年，自己像只花蝴蝶，在华美的职场翩翩飞舞，与诸位男性友人则像蚂蚁打招呼一般，互碰触角，仅止于此。那像是一场梦，同样的内容，日复一日，她甚至感到厌倦。

母亲一病不起，她在亲戚的召唤之下回家，每个人只觉得她长大了，没有其他异状。母亲问：

“你在外面都做了些什么？”

她只是一派逍遥地笑着。

“嘿嘿嘿。”

从她的反应来看，恐怕她也只是如风不动，不会透露出什么信息的，再说母亲也不是一个会咄咄逼人的人。

“明天开始，柜台就交给你了。”

听了这句话，她又笑了。

“嘿嘿嘿。”

从很早以前，这家就弥漫着一股气氛，骨肉之间不会坦白心事，也不会认真地商量要紧事，双方都会羞于启齿。

久米子多少有点儿看开了，这次也不怎么抗拒，接下柜台的工作。

一个年关将近的日子。风吹走坡道上的沙砾，木屐鞋底毫不客气地敲在又冻又干的地面上。那声音几乎传至每根头发的发根，这是一个寒冷的夜晚。坡道上的十字路口传来电车驶过的声音，加上前方八幡宫里林木叶片的摩擦声，混入风里，先是涌到耳边又迅速远去，像是远方盲人的低语。久米子心想，如果走到坡道远眺，老街的灯火大概如同冬季海上的渔火一般，忽明忽灭。

当客人离去之后，炖煮料理的气味及香烟的烟雾包围着水晶灯，将整个用餐区熏得烟雾蒙蒙。女服务生与负责外送的男子，将锅炉余烬集中到石炉里，暖着身子。久米子最讨厌这种仿佛有什么东西要深入心灵的夜晚，努力放松心情，翻着时尚杂志与电影公司的广告杂志。店门口的招牌挂到十点，离打烊还有一个多小时。大概没客人上门了吧。正想打烊的时候，年轻的外送员回来了，他看起来冻僵了。

“大小姐，我刚才经过后巷的时候，德永又点餐了，说是要一份附白饭的泥鳅锅。要送吗？”

闲得发慌的女服务生抬起头说：

“脸皮怎么这么厚？他赊的账都超过一百元了。连一块都没付过，还来啊……”

她说完之后，立刻窥视着窗子里面，想看看柜台里的久米子的反应。

“真头痛啊。可是，妈妈那个时候就没跟他计较了，今天还是给他送去吧。”

这时，在炉边取暖的年长外送员决定不再保持沉默，抬头说：

“大小姐，这可不成。快要过年了，最近一定要跟他把账结清。不然明年他又会继续拖拖拉拉，不肯还钱。”

这名年长的外送员，是店里的精神领袖，必须尊重他的意见。于是，久米子只好说：“嗯，就这样办吧。”

厨师用海碗盛上刚煮好的乌冬面，放上备好的碎豆皮与葱段，分送给店员当消夜。久米子也接过一碗，对着热腾腾的乌冬面吹热气。吃完这份消夜之后，守更人就来了，当梆子打在正门的薄玻璃拉门上，即使时间还没到，都要关上大门。

这时，传来草鞋啪嗒啪嗒的声音，正门安静地滑开。

德永老人那张满是胡须的脸探进来。

“今天晚上好冷。”

店里的人都置若罔闻。老人稍微看了一下大家的反应，以担心的、狡猾的口气，歪着头小声地说：

“那个……请问……我点的泥鳅锅附白饭还没好吗？”

接受他点餐的外送员，有点儿尴尬地说：

“真是不好意思，我们已经打烊了。”

话才说到一半，年长的外送员狠狠瞪了他一眼，用下巴示意：

“你老实讲吧。”

于是，年轻的外送员向他说明，虽然一次只有几毛钱，积少成多，现在积欠的费用已经超过一百元了，要是不多少还一点儿钱，店里年底没办法结算。

“再说，我们柜台已经换人了，现在是大小姐在管事。”

这时，老人神经质地摩擦双手：

“哦，这样啊。”

他又歪着头说：

“不管了，冷死人啦。先让我进去。”

他咔啦、咔啦地拉开大门走进来。

女服务生也不肯送上坐垫，老人只能孤零零地坐在冰冷的藤编榻榻米房间的正中央，有如等待宣判的罪人。也许是穿的衣服比较显胖，尽管体形高大，看起来却不太健壮，左手习惯性地揣在怀里，按着肋骨一带。老人将几乎全白的头发扎成低马尾，五官立体，而且好看得过了头，反而让人觉得不幸。和儒家风范的脸庞相比，他系着皱巴巴的腰带，围着围裙，坐着的和服下摆露出浅黄色的裤子。就连他脚上的黑色灯芯绒袜子都跟他的脸格格不入。

老人对着久米子所在的窗子及店员，一开始先是装模作样地说些什么经济不景气啦，自己从事的金工需求大不如前啦，不久又可怜兮兮地扯一些没来结账的借口。不过，为了强调他的借口，又讲到自己的工作性质有多么稀奇，老人突然又带着一股傲然的热度。

不仅限于今夜，老人经常用一些不知是得意还是感叹的口吻，在叙说他的看法。请容作者在此介绍他的谈话内容。

“我做的雕金，跟其他雕金工做的不一样，叫作片切雕[①]。雕金这东西呢，是用金属雕刻金属的技术，可不是什么简单的技艺，非常耗费精神，要是一天不吃泥鳅，根本撑不下去。”

老人跟有名的老工匠差不多，忘我地讲话，几乎忘了原本的目的，不管何种情形，都自顾自地说

---

① 金工技法，在金属面雕刻图案时，线条的一面为直线，一面则为斜切线。

个不停，习惯独占舞台。老人继续说明自己的片切雕，得意扬扬地说是元禄[1]名匠横谷宗珉[2]的中兴之艺，用剑道来说，就是一击制胜。

老人摆出左手拿凿刀、右手拿锤子的姿势。定住身体，鼻子深呼吸，把力量集中于丹田。虽然他只是单纯表演工作的样子，看起来还是有模有样。姿势强劲有力，不但很富有弹性，还非常符合自然原则，即使推他或拉他，似乎都不会让他动摇。外送员与女服务生都震慑于老人的气场，从火炉边起身。

老人放松严肃的姿势，"嘿嘿嘿"地笑了。

"一般的雕金师傅都是这样刻，只要有点儿知识，大概都刻得出来吧。"

这回老人则成了单口相声家，利用双手手腕的扭转方式及弯背的姿势，改变拿凿刀与锤子的方式，夸张地表现有气无力及笨手笨脚的样子。外送

---

① 江户时代的年号，1688 年至 1704 年。

② 横谷宗珉，江户时期的金工师傅。

员和女服务生都呵呵笑了。

“可是呢，片切雕是这样的……”

老人再度恢复正儿八经的姿势。缓缓睁开双眼，狭长锐利的眼睛宛如青莲花[①]，浓烈的目光平静地望向斜下方。左手静止于一处，纹丝不动，右手手臂尽情伸展，维持伸长的状态，仅移动肩膀，在右边的上空描绘一道大圆弧，持锤子的拳头，打在持凿刀的拳头上。久米子从窗子后方窥看，她隐约想起曾在学校看过的希腊石膏雕像——投掷圆盘的青年像，挟着圆盘的右臂，那年轻又紧致的美丽手臂，一直伸展到人类的肉体极限。老人敲打的气势，宛如对破坏的憎恨与对创造的欢欣，当两者合为一体时，他不禁发出尖叫。他快速地释放力道，实在难以判别那是恶魔之力，还是善神之力，总之不像人类之力。老人持槌之手上下画出的弧线，让看到的人无不感受到一种天地无限的感觉，然而，

---

① 佛典之中，青莲花代表观世音菩萨的眼睛。

正要往握着的钢钻敲过去时，刹那间在一个固定的距离里停住了，似乎在那个定点里，存在着一个刹车器一般。这就是纯熟的技艺吧。老人重复了五六遍才放松。

“各位，你们看懂了吗？”

又说：

“所以，要是没吃泥鳅，我就撑不下去啊。”

其实，这是老人一贯的手法。每当他搬出这一套，店员们总会暂时忘却店里的事，也忘了这里是东京的山手，心魂全都被一种令人舒畅的危机感以及常规性的奔放感所魅惑。他们再次望着老人的脸，却听到老人在一番诚挚的话语之后，最后还是回归泥鳅的话题，所以众人哄堂大笑。老人掩饰自己的尴尬，又找回工匠那自负的态度。“还有，这凿刀的刀刃，又分成阴与阳……”开始讲起技术方面的话题，像是如何用两种不同的刀刃刻出牡丹的妖艳气质、狮子的凶猛气势等。接着又讲到这门技艺如何在坚硬的金属板上生出活灵活现的事物，这个过程是多么有趣，老人加入更多的手势，搭配宛如啜饮甜美汁液的迷蒙眼神说着。那是工匠沉浸于自身乐趣的模样，店员全都感到厌烦不已。因此，到了这个地步，店员认为该打住了，说：

“好吧，今晚特别通融，给你送去吧。你回去等吧。”

送走老人之后，店员关上大门。

一天夜里，同样刮着风。守更人已经敲过梆子，店员关起大门，出门泡澡去了。老人像是看准了时机，悄悄拉开小门，走进来。

老人朝向久米子所在的窗子坐下。老人在宽阔的榻榻米房间里，对着一扇窗户坐了好半晌，闲得发慌的深夜时光缓缓流逝。今夜，老人露出充满信心、有气无力的表情。

“从年轻的时候起，也不知道为什么，我就是很喜欢吃这泥鳅。从事这份会用到全副心神的工作，要是没吃些滋补的食物，可撑不下去啊。除此之外，我这二十几年落魄地住在小巷子里的长屋，过着孤家寡人的日子，不管我多么失意、多么痛苦，那尾鳍像柳叶般的小鱼，早已成了我最熟悉的食物。”

老人毫无脉络地讲起各种事，努力说服久米子。

他还说遭人嫉妒、轻蔑之际，即使心像魔王那般亢奋，只要将那小鱼含进嘴里，用门牙连头带骨，慢慢地咬碎，发出喀喀声，就能把恨意移到鱼身上，涌出不知打哪儿来的温柔泪水。

“被吃掉的小鱼很可怜，吃掉它的我也很可怜啊。不管是谁，都不堪一击。不过也只有这样而已。我不打算讨老婆。可也想找个人来疼。想找人来疼的时候，只要见了那小鱼的样子，我那空虚的心情也就消逝无踪。”

老人终于从怀里取出毛巾布的手帕，擤擤鼻子。“在你这个女孩子家面前说这种话，也许有点儿讽刺，”他先起了个头，“这里的老板娘是个懂人情义理的人。以前我赊了一笔账没清，自己也抬不起头，每回都只能趁着夜深人静的时候，像这样畏畏缩缩地跑来讲借口。结果，老板娘正好待在你坐的柜台，懒洋洋地以手撑着脸颊，稍微从窗子后头露脸，对我说：

‘德永先生，想吃多少泥鳅，我都可以请你，千万别顾虑。等你全心全意地完成一件作品后，请用它来抵债，或是把它卖给我。这样就行了。’她说了好多次‘真的这样就行了’。”老人又吸吸鼻子。

“当时，老板娘还很年轻。她很早就结婚了，年纪正好跟你差不多。实在是很可怜，老公是个放荡的人，老是离家，在四谷、赤坂[1]惹出不少花边新闻。老板娘一直忍耐，从没离开过柜台。偶尔，从窗子可以看见她想要找个依靠的悲伤模样。怪不得她会那样。人是有血有肉的，总不可能轻易变成毫无知觉的冷冰冰的石头。”

当时，德永也很年轻。他不忍心看着年轻老板娘葬送自己的人生。坦白说，他不止一次萌生将她硬拉到窗外的念头。相反地，他也会觉得自己到底怎么了，为什么会受到这个跟半个木乃伊没两样的女人的吸引？每次想到这件事，他就会产生逃走

① 当时皆为东京的风化区。

的念头。然而，只要端详老板娘的脸，就会失去力量。老板娘的脸上写着：要是我犯了错，将会活在无可弥补的悔恨之中，那是这个家给自己的永恒枷锁，若是这个世界上没有任何一个人能安慰我，我就会立刻灰飞烟灭……

"我想，我至少能靠我的技艺，从这扇窗里，为逐渐变成化石的老板娘注入一些生气，给她一些回春之力。我尽情挥洒自己的所有内心力量，不断敲打着钢钻和铁锤，因为没有任何东西能媲美片切雕的艺术品了。"

为了安慰老板娘，他费尽心思，不知不觉中，德永说他练就了一身堪比明治名工匠加纳夏雄[①]的好本领。

然而，即使如此，他也没有雕刻出太多让人感觉拥有生命的完美作品来。德永将那百中选一之作献给老板娘，再卖出其次的七八件作品维生。其余

① 加纳夏雄，金工师傅。

他不满意的、雕到一半的材料全都重新来过。“老板娘将我送她的发簪插在头上，或是抽出来把玩。那时候的她，充满了生气。”然而，德永则永远是个默默无闻的大师。就算这是不可抗拒的命运，岁月这种东西还是太残酷了一些。

“刚开始，我打了一支大平打[1]的银簪子，雕了白鹃梅，让她搭配高岛田发髻[2]；圆髻[3]用的玉簪子，周围则刻上夏菊、杜鹃鸟；纤细的挖耳簪则用线雕刻出细胡枝子、黄花龙芽草。后来已经不知道该刻什么才好，最后刻给她的是两三年前，传统的一本簪，簪身刻着一只呼唤朋友的鸻鸟。我已经没有题材可刻了。”

语毕，德永已经浑身无力。他接着说：“老实说，我再也没有能力付账了，我已经没有体力了。我已经失去工作的热情。来日无多的老板娘，也不

---

① 将金属敲平，刻出镂空图案的发簪。

② 将马尾对折后固定，最常见的发髻。

③ 在头后方梳出扁平半圆形的发髻。

再需要发簪了吧。只不过，长年以来，我每天晚上都要来上一碗泥鳅配白饭，要是不吃的话，我恐怕撑不过这冬日寒夜。到了早上，我的身体就会冻僵了。只愿今夜，只愿能在这一夜，将那小鱼的生命啃进我的骨髓里，让我活下去……”

德永恳求的模样，宛如阿拉伯人膜拜落日，他把脸对着天花板，像狛犬[①]般蹲着，以哀切的声音吟唱咒语。

久米子忍不住从柜台起身。她感到自己仿佛喝了酒一般，醺醺然地、步履蹒跚地走向厨房。厨师都下班了，空无一人。只听见水滴落在水槽上的声响。

久米子在唯一亮着的那盏灯下张望，大锅上盖着盖子。她掀开盖子，发现那是为明天准备的生酒[②]腌泥鳅。有些泥鳅醉茫茫地把头伸出液体表面，平常她看了只觉得讨厌，如今，她却觉得这些小鱼十

---

① 神社入口，类似石狮子的塑像。

② 未经加热的酒。

分可亲。久米子卷起衣袖，露出小麦色的手臂，抓起一条又一条泥鳅，放进长柄锅里。被她握住的小鱼竟不断跳动。这时，小鱼的颤动宛如电波，传进她的心里，刹那之间，她隐约感到一声不可思议的低语——生命的共鸣。

久米子在长柄锅里倒入高汤及味噌汤，抓入一把切成丝的牛蒡，点燃瓦斯炉。久米子将小鱼翻着白肚子的热腾腾汤汁，盛进朱漆碗里，再把一撮花椒放在碗盖上，跟饭笼一起，从窗口送出去。

“白饭可能已经凉了哟。”

老人喜不自胜，穿着灯芯绒足袋的脚底一跃而起，接过饭菜，借了外送的饭盒，小心翼翼地放进去，打开小门，宛如小偷一般，消失无踪。

自从医师宣告罹患不治之症之后，卧病已久的母亲心情反而好多了。她说：“终于可以自由支配自己的身体了。”她在早春的阳光下，拉开被子起身，尽情享用她想吃的食物，以这辈子少见的亲密口气，对久米子说：

“这个家好奇怪，每一代老板娘的老公都很放荡。我的母亲，还有祖母，都一样。丢死人了。不过，只要坚持忍耐，紧抱着柜台不放，想办法一直挂着暖帘，又会发生奇妙的事，总会有一个人，用生命来安慰你。母亲遇见过那样的人，祖母也是。所以，我也要告诉你。如果你也遇上同样的事，千万不能沮丧。我先说在前头……”

母亲说临死的时候脸很丑，要久米子帮忙在脸上抹一层白粉[①]，并命她从柜子取来琴柱盒：

“这些是我真正获得的东西。”

她把盒子捧到脸颊边，怀念地摇了两三下。盒子里传出许多德永以生命雕刻的金银簪子声响。母亲听了那声响，抿着嘴“呵呵呵呵”地笑了。那是近乎无邪的女孩笑声。

后来，那忍从宿命、抱着不安及坚强的勇气相

---

① 日本的传统化妆粉。

信救赎的，寂寞又虔敬的心情，每天每夜，都在久米子心里纠葛交缠。当它们高涨到几乎让她喘不过气的时候，她会把心抽离高涨的情绪，运用感情的技巧，回忆起少女的时光，仿佛自己在训练一只小狗。偶尔，她会接受邀约，与常来的学生一起用口哨吹着时兴的歌曲，一起走到坡道上。越过山谷的都会天空，笼罩着一层低矮的云霞。

那时，久米子含着学生给她的水果糖，心里胡乱猜想，这群青年之中，说不定有人会与自己有所牵扯，谁是让自己烦恼的放荡老公，谁又是努力拯救自己的人，以此为乐。然而，过了一会儿，她说：

“店里很忙，我该走了。”

久米子以袖子捂着胸口，独自回到店里，坐在窗户后。

德永老人形容逐渐枯槁，却会在每天夜里，拼命索讨泥鳅锅。

买豆腐

外国人的爱情像黏糊糊的饭，很快就腻了，吃过之后又很容易饿。所以，我必须不时地吃上几口。

这阵子，我已经吃不出豆腐的味道了。大概是因为我老是跟油腻的东西为伍吧。

尽管如此，我还是忘不了豆腐的味道。

果敢地拉开大门口的偏门。日本马路的地面忽然映入加奈子的眼帘，有别于她长年来熟悉的西式棋盘排列的石子路，完全符合日本东京山手的地面风格，地上躺着两三颗碎石子，随着衣摆滚动。加奈子觉得泥土地着实珍贵，舍不得踩上去，几乎要说声："不好意思，冒犯了。"加奈子的鞋尖选了一个地面的皮肤下似乎没有静脉通过的地方，宛如鹭鸶一般，恭恭敬敬地踩上去。加奈子的右手在胸口处抓住快要滑落的披肩，从花与藤蔓图案的领口之间，伸出没戴手套的圆润左手，晒着太阳。对加奈子而言，和一整年都阴沉沉的西方相比，几乎可以掬起的阳光弥足珍贵。

加奈子深夜才回到日本。从第二天起，她在家整整窝了三天，做家务，直到第四天才出门，她还没找回四年前出发时的心境，日本的户外风景，不若当时的熟悉与亲切。只觉得一切全都十分稀奇。稍微走上一小段路，她仍然不断与长年以来住惯的西方街道及景色比较。

与邻居的交界处，有一条宛如丑恶暴露狂的小水沟，有人在烂泥巴与水之间，扔了一小把鱼鳞。用完的补锅铁片抗拒着犹如破旧布般浮在水面的垃圾，往这边流过来。伦敦的六便士商店，卖的补锅铁片又厚又重。在全世界不景气的时代，伦敦人倒是豪迈地用着铁。至于现在流过来的日本货，显然经过灵巧的工艺，打得非常轻薄。日本的吸收速度很快，总能将外国文化照单全收。用剩的补锅铁片撞上鱼鳞小山的底部，鱼鳞断崖崩塌，有几片滑入水中，宛如破碎的图案，逐波而去。鳞片的反光，透过乳白色的水，刺激着加奈子的眼睛，水沟与眼睛的距离约半米远，她终于在日本感受到“距离”。

加奈子抬起好不容易感受到距离的眼睛，望着前方的街道，两侧屋檐低且短，最远处甚至已经潜进天空最低处。这城市的一切，全都又低又矮。

在以高大建筑为主的西方城市中，加奈子的个子显得十分娇小，如今，她觉得自己似乎成了身材高大的巨人。照在鞋尖上的阳光同样让她恍惚。如果是舞蹈的伴舞者，只能躲在阴影之中，唯有大明星才有资格沐浴在安排好的金色照明之下，她觉得有几分害羞……我看起来是不是很高傲呢？

加奈子想起伦敦市长与一位老板娘的对话。老板娘说："伦敦的小巷子，只能买到像碎布的光线。"市长叹了一口气说："阳光与空气原本应该是免费的，我们伦敦却要花全世界最贵的价格才买得到。"

日本的建筑物低矮，天空特别开阔。建议观光局可以在针对外国人的广告中，加上这句"日本是世界第一的天空之国"。

美丽的天空，仿佛一层面纱，近在眼前，把唇凑上前便亲得到，还能将我的思绪送到遥远的海王星尽头。

巴黎的天空像透明的果冻，柏林的天空更像玻璃，伦敦的天空则是石棉。如今，这片日本的天空则是……

加奈子伸长了手，想要以手感受天空的质地。不是丝绸，不是水，也不是纸。是梦吗？她觉得有点儿可怕。

如果这是一场梦，这么辽阔的梦，也许是谁在某处做的梦吧？这个既不是二月，也不是四月，是充满三月气息的天空。相较之下，西方的都市与天空的约定关系，则是十分随便。一年只分成夏、冬两季，在头顶轮流更迭。

从窗子与窗子底下的孩子身上，加奈子感受着马路的通俗性，走了五六步。她仰望电线杆。看来这就是原因。方才，她心目中那热闹、嘈杂的城市风景，全都是因为有这电线杆和行道树。在某座深山里，可能也有一模一样的树木。横向伸展的树枝，一板一眼地排在树梢上，结着白色的花苞，没有叶子。电信工人把那棵树从山里调拨过来，像香蕉一般，只把皮剥掉，便立在地上。在东方那些自然资源丰富、有能力利用自然原貌的国家，应该不难找到类似的植物，如身子垂挂在藤蔓底下的瓠瓜，树干里都是空气的竹子。东方真有趣。巴黎郊外也有电线杆，不过都接在路旁人家的墙上或屋顶上，长度也很短，像是插在鬓角的簪子。通往凡尔赛的路上，实在是太无聊了，只能眺望车窗外面，也可以看到法国人节俭的一面。

澡堂烟囱的烟飘下来，那是令人不安的气味。也许他们用垃圾生火吧。

她想象着澡堂内部。在赤身裸体的情况下，西方女子不在乎腰际，只遮着乳房。日本澡堂中的女子，她们的乳房犹如鲜嫩欲滴的水果果实，挂在胸口，充满弹性地抖动。女人三三两两地，面对面洗涤身体。乳房是女子胸口的肉之勋章。假如女人的胸部没有乳房，男人大概再也不想拥抱女人了吧。有个年轻的法国人将与女人见面这个行为称为“按铃”。他说得没错，乳房神似呼叫铃。

那是种令人不安的气味，仿佛哪里失火了。

那是澡堂烟囱的烟味，走出米店转角，来到宽广的电车大道，日本城市特有的不安情绪，与那烟味似乎一脉相连。日本都会的年轻与活力，撼动那不安的情绪。一辆满是尘埃的出租车[①]以几乎要撞倒加奈子的气势，开到她身旁，猛踩刹车，随着异样的声音，在干燥的泥土地上滑行一两寸。

“上哪儿？要不要搭车？”

“Non, Monsieur.”（不了，先生。）加奈子脱口而出早已习惯的西方语言，羞红了脸。

见了加奈子与一元出租车没谈成交易，后面又来了两辆，电车铁轨的另一头，也有一辆外形不同的一元出租车在一旁虎视眈眈。

加奈子举起藏在披肩底下的手提点心盘摇晃，向各位一元出租车示意“不需要”，于是四对锐利的眼神收回车窗里，再度于马路上发出毫不留情的油门声。

她在意大利的佛罗伦萨，买到这只手提点

---

① 大正年间，于大阪及东京实施的出租车，不论前往何处，只需支付一元费用。

心盘的提把。那天，但丁[①]邂逅碧雅翠丝的阿诺河上，笼罩着浓厚的冬雾。桥身两侧的人行道上开满商店的老桥，横架于大雾之中。黄昏时分，贩卖的项链及耳环，宛如帘子一般，垂挂在屋檐下，透出有如爆炸一般的灯光。那家店就在其中，是一家古董店，卖的都是一些拜占庭石雕碎片或伊特拉斯坎（Etruscan）陶土盘等赝品，肯定是专门卖给外国人的店。不过，在店铺陈列的物品中，这个葡萄藤图案的铁制提把，打动了加奈子的心房。藤蔓与叶片的花纹，以中世纪特有的方式，粗糙地缠绕在一起，颜色是几乎快要渗出血的黑色。原本随便配了一只玻璃盘，把它取下之后，便成了一个任何盘子都能用的提把。加奈子将它买下。随后找到德国××公司的硬陶盘子，就拿它来搭配，组成一个手提盘。回到日本之后，第一份工作就是拿它去买豆腐。大概不是

---

① 但丁（Dante Alighieri，1265—1321），意大利诗人，代表作《神曲》。

那么古典的食物吧。将豆腐装在这个容器里，我再以圆润的手提着它，让疯狂的阿京小姐见识一下我这模样。说不定阿京小姐看了会很开心。

烤地瓜店的隔壁是理发店，即使是这么寻常的人家，加奈子都觉得十分稀奇。马路的另一头是贩售一切瓦斯器材的简陋西式建筑。

在她前往海外之前，这里的房子是一家因地震倾斜的老屋子，经营着木炭燃料的生意。木炭商店成了卖瓦斯器材的店，这是文化发展的正常过程。不过那个坐在椅子上抱着小孩的老板娘，与店面格格不入，还是以前的老板娘，却好像变了一个人。以前的老板娘身材圆润、丰满，吃进肚子里的食物全都被输卵管吸收，化为卵子，任何不可思议的工作都能包裹进那层厚厚的脂肪里。如今，老板娘面容消瘦，额头上粗大的静脉凸起，让看见的人不免为她担心。不知道是因为老板行为放荡，还是持家太操劳，或是生育造成的不健康？最大的原因应该是老板娘生了太多的小孩，才会被大自然宣告不管用了吧。

一思及此，她之前竟从未发现那股不可思议的力量，似乎反映在万物之上，尤其老板娘那四处张望的惶恐眼神竟有几分魂不守舍、坐立难安和紧张兮兮。

老板回来了，他摘下围巾，从坐在老板娘膝上的裸足婴儿的和服下摆找出婴儿的脚并握住。也不知道是为什么，他闻了闻婴儿脚底的味道。老板的身材壮硕，相当讨喜。从这类人握着婴儿的脚、掂掂婴儿的体重这类行为中，可以感受到他们的爱。加奈子想起斯德哥尔摩的优良儿童奖励共进会，体重计上光可鉴人的黄铜链子，被赤裸婴儿的体温染上了一层雾。她也想起一名脸上满是雀斑的母亲，为了多增加一些重量，父亲命她在测量之前把婴儿灌饱。

相隔五六户的杂货店，水沟盖与水沟盖上方的水桶、陶锅相撞喀喀作响，一名十六七岁的男子从店里跑出来，敏捷地从右侧通行的电车后方钻过，在轨道中间站定，左侧电车几乎拂过他的鼻尖，当电车经过时，他以手掌轻拂电车的车腹。被他拂过的电车车腹，唯有他碰触部位的灰尘被他掸落，打过蜡的光泽，在春光的照耀之下，留下一道明显的光痕，咔嗒咔嗒地朝着十字路口的通行信号灯前进，蜿蜒离去。男孩以高难度的动作，纵身一跃，跳过电车离去的轨道，正好踩在加奈子起步的鞋尖上。

介于少年及青年之间的男子，脸色微愠，红着脸闪开，两人错身的时候，他十分稀奇地打量加奈子的侧脸，盯着她剪短发的颈项上青色的剃发痕迹，口里唱着流行歌，以腰部打拍子，在原地停留了一会儿。

不久之前流行过的歌曲，已经翻译成日文，跃于城里青少年的唇上。日本的脚步还真快。话说回来，方才宛如子弹般跳出来、秀了几招敏捷招式的男子，他的手脚动作活生生地留在加奈子的眼底。加奈子走了五六步之后，又回头望了男子一眼。男子用左右手灵活抛掷着火柴盒与竹筷的袋子，腰部仍然配合歌曲打拍子，而且他还继续朝着这边瞧。

她曾经在伦敦看过日本的戏剧。团长是大阪某个三流剧团的演员，除了两三名主要成员之外，其余都是在美国招揽的门外汉，所以她看得心惊胆战。她却在那时见到了不可思议的日本。演到《狐忠信》[①]那幕时，年轻的日本女孩扮成花四天[②]，加奈子已经见惯外国人的舞蹈，在她的眼中，女孩们的手脚宛如唐草图案[③]一般，卷曲着、扭动着，几乎已经不像人类的动作。脸与身体呈人形，手脚的生命却比人类还要强盛。话说回来，她在巴黎的舞厅里，见到日本的探戈，腰部也异样地强而有力，每个人都像是在跟女子练习柔道。加奈子第三次回头时，男子已经不再前往原本要去的方向，而是跟在加奈子的后头走。加奈子盯着男孩飞奔而出的杂货店。

柏林的小资产阶级逐渐走向毁灭。在那里，这种状况的杂货店，绝对没办法光靠杂货生意过日

① 人形净琉璃的《义经千本樱》中的一个段子，小狐狸化为人形，与御静前一同旅行的故事。

② 歌舞伎中追捕场景的兵力。

③ 一种藤蔓图案。

子，店员通常都会兼职帮人洗衣。加奈子记起那个与儿子相依为命的母亲。她有个女儿，不过女儿已经去别处租房子，成了职业女性，只想结交富裕的外国人。虽然想跟外国人交朋友，但因为她长得太丑，经常把对方吓跑。母亲独自帮人洗衣，不过，西方的内衣裤得熨烫，必须熨得跟专业洗衣工一样好。在狭小的泥地板屋子里，放着熨斗设备。只要有空当，她就会待在那里，连她本人都干燥无比。她喋喋不休地说着自己的丈夫在欧洲大战时吸了毒气，把肺搞坏了，最后死去的故事，像是事不关己。提到目前不断发出的紧急动员令，她却露出怨恨的眼神，沉默不语。尽管如此，她仍然要开店，反正只会增税。她的儿子是纳粹。为了领一份稳定的薪水，他去上体操学校，好不容易才取得中等教师的证书，即使拿到那张证书，工作还是没下文。要是有修马路或铲雪的工作，他都会向学校请假，跑去上工。尽管收入微薄，她还是拿出所有的资本，靠着小本生意将儿子养大，她不希望儿子只能当个区区的劳工。于是他成了纳粹。老是泡在小巷酒店的分部，还会帮忙升降分部的旗帜。每逢在溜冰馆召开大会之际，他就是敢死队的一员，背对着讲台，排成一列，瞪着入口。洋菩提行道树的叶片，在一日之中落尽，暂时为柏林带来宽阔的天空，很快地，雪云便席卷而来，传统的酒店入口，放着新啤酒上市的招牌。夜晚的石子路，突然热闹了起来。喧嚣之后，即使过了十二点，醉鬼的声音仍然断断续续，正要消逝之际，加奈子家的屋檐下，总会有一群人踩着紊乱的步伐经过。那是相隔五六户的杂货店母子。有时候是儿子扛着母亲；有时则是母亲扛着儿子。儿子被母亲扛的时候，儿子通常喝得醉醺醺，总是大吵大闹；母亲被儿子扛回家的时候，母亲喝得太醉，通常都在哭泣。加奈子则在刚刚生起火的暖炉前，通过地板感受泥土地传来的凉意。这些就是加奈子在德国的回忆。

尽管只是个半大孩子，但被日本人尾随，加奈子还是觉得不太舒服。要是换成西方人追踪她，她则会感到几分甜蜜。在西方，即使是品行不良的男性，也是尊重女性的人。加奈子本来就是一个容易遭人尾随的女人。

一名朋友笑着对加奈子说：

“那是因为你的一切跟正常人的步调都不一样，所以特别引人注目。”

“讨厌。”

见加奈子手脚扭来扭去的样子，朋友便指着说：

“这就是你跟别人不一样的地方。”

基于各种经验，加奈子已经了然于心，不要给尾随者任何线索，所以她反而不会把注意力一直放在对方身上，她佯装若无其事，继续观察着街头。

不管是围墙上，还是屋顶上，都挂满了皮肤科、泌尿科医学博士的广告；杂志店也不遑多让，用立式招牌和彩色挂帘武装店面。仔细一看，才发现日本的街道充斥着广告。巷子口可以窥见一些在倾倒的旧建材上套着草席的物体，那是像笋子般互争高下的标示柱，有小儿科医生的、专利师的、胸腔内科医生的、钟点女佣协会的、姓名卜卦师的，还有一个长歌师傅的标示柱，从后方脱颖而出，它细长的脖子上画着一只蓝色的杵。一名女子走进巷子，路过屋顶钉着写有“旧土赠送”广告木板的房子。女子走路的时候，总是把穿着吾妻木屐[1]的脚整个露出来，可以看见她那已经变成鼠灰色的白色袜底。

阿京小姐自从逃离法国老公亨利之后，最后的藏身处恰好是这种巷子里的人家。两个人一起去市区购物，吃完饭后，天色已晚，加奈子总会把阿京小姐送回藏身处。到了巷子口，阿京小姐总会以颤抖的右手，在胸口画一个十字。问她为什么这么做，她说：“我在祈祷，愿我能顺利越过那个盖着米袋的水洼。”

接着，阿京小姐一脸愤慨地走到巷口，却不小心踩了上去，于是她打算数着步子，从巷子口再走一次。这次又踩到了。于是她固执地重复了好几次。末了，她瞪大双眼，张开鼻翼，气喘吁吁，

---

① 铺着草编鞋垫的女性木屐。

在路灯之下，看来十分可怖。叫她买手电筒，她又不肯。当时，她已经不太正常了。然而，一旦顺利越过水洼，阿京小姐又会变回平常那个丝绸般的女子，牵着紧跟在后的加奈子的手，让加奈子平安无事地跨过去。这时，她会用悦耳的声音说“Attention”（小心）。

有时也会说：“小心。”

阿京小姐深爱着她的法国老公。法国老公也爱着阿京小姐，程度更甚于她。为什么阿京小姐要逃离她的夫婿呢？大概是逃走才发狂的吧。待加奈子越过水洼，阿京小姐仍然没放开加奈子的手，一直握着来到门口，说：

“牵着你的手时，我觉得我们的心紧紧贴在一起呢。你的手上是不是没有那层皮肤呀？”

左边有一块木板围墙。饱经风吹雨打的木纹，宛如层层叠叠的莲花，排在一起。这里好像是某个退休高官的宅邸。这一带还有田地的时候，他以低廉的价格买了一些土地，盖了房子，曾几何时，这里成了市中心，虽然吵了点，地价却翻涨好几倍。那房子的模样，宛如困惑与喜悦并存。在古老的正房角落，看似心不甘情不愿地增建了西式楼房。儿子已经长大成人，差不多也要有自己的客人了，看来这是顾忌别人的目光才盖的。音响播放着伦敦西门子公司送给参访人士的广告歌。“点亮明亮的灯泡吧，照亮你的脸……”为什么这种唱片会传进日本呢？难道是因为这家公子上班的地方，跟那家电力公司有往来吗？

老松叶落在胡颓子的黄花上。大门入口处，有请愿巡查[1]的小屋，小径两旁种着整排榉树，不远处即为弯道，因此无法得知玄关距离多远，在这富贵人家里，第五棵与第六棵榉树之间，有个穿着卡其色旧裤子的老人，正在翻动晒干的香菇。竟然能在市中心栽种香菇吗？

富贵人家的玄关走道是奇妙的弯道，小径的

① 向地方政府申请的巡警。

弧线与大马路的直线，正好划出一片新月形的空地。立着信托公司土地分售的柱子。只有大马路右边那两块地无法通行，其余部分则散放着旧拉门与稻秆，现在仍然空着。孩子们踩在上面打棒球。不管是来自何处的孩子，都很喜欢窥探空地。一年夏天，在一个伦敦难得一见的酷暑日子，戴着防护帽的消防员，用水管在排队的孩子们头上浇水；同样是在伦敦的空地，人们为生产的狗儿搭起一顶帐篷，以免孩子瞧见。

在那两块看似感情融洽又似彼此竞争的土地上，盖着抢眼又简陋的西式楼房，一栋住着牙医，另一栋则挂着舞蹈教室的黄铜招牌。阿京小姐是个拿不定主意的女子，看到这样的屋子，她可能要想，是先去牙医那里看牙再去上课呢，还是先去练舞再去看牙医？加奈子心想：她大概会认真地跟我讨论吧。

接着又是围墙。这次是灰色的水泥墙，上面还有横向的鼠灰色线条。灰色墙面上，形成云朵般的白色斑块，宛如患病者干燥的皮肤，看得她都痒起来了。墙上映着熙来攘往的人影，还有男子撞上加奈子。于是她才发现，坡道底下的十字路口，有许多人在那里走下电车，并不转搭其他车子，而是直接走上坡道。下午四点过后，在东京这个人口过多的城市心脏区，是不是为了让血液休息，才把他们分送到四肢呢？要是不这么做的话，这座城市的内脏将会充血、化脓吧。

她逆着人潮前进，像一首有些扫兴的进行曲，与她擦身而过的是不同伏特的人体电流，还有灰尘与发油的气味……加奈子对下午四点产生一股莫名的怀念。在巴黎的时候，她总是从凯旋门出发，沿着香榭丽舍大道右侧的人行道，经过酒香餐厅的正门，走到公园。戴着猎帽、看似小混混的男子，走路时裤子口袋里的零钱哗啦哗啦地响着。她会突然往斜前方走去，买巴黎午报的人群会聚集成一个微弱的旋涡。她正巧逆着人潮走到尽头，在点缀粉红色与白色圆点的咖啡馆小憩。在那里品尝核桃糖。

日本的路人看似很匆忙，然而，步调却很

慢，逆着人潮的时候，感觉更明显了。双双对对，迎面而来的黑色眼睛，透着深不可测的伶俐。他们穿着没有领子与领带的和服，衣襟处露出一小截衬衣与裸露的胸膛。穿着难分性别的斗篷大衣的男人，与穿着美式风格的洋装的女子，形成沉默不语的两人组。

在人潮的推挤之下，跟在加奈子后头的男子已经不见人影。取而代之的是年纪更小，十三四岁的初中生，他假装盯着手上的球，在水沟旁的石子上，与加奈子并肩走着。他经常偷瞄加奈子，果然在跟踪她。

加奈子从披肩底下，伸出她短短的手指，张开手掌，让他看看正反面。于是对方涨红了双颊，突然跑走了。

在阿京小姐逃离老公亨利之前，曾对加奈子说：

“跟外国人在一起，时时刻刻都要小心呢。因为你不知道他的双唇什么时候会贴过来。

“跟外国人在一起，闹脾气也要注意时间。

“亨利想把我燃烧殆尽，他想用菜籽油当汽车燃料。

“要是他能爱我又不碰我就好了。

“在寂静无声的深夜，两人独处的时候，我突然发现，天哪，我怎么跟外国人在一起。很想逃走。

“你看过外国人被骂的样子吗？简直跟小孩没两样。

“外国人笨拙地跨大步，小心走着，以免一头撞上日本的门框，那笨拙的模样，刚开始觉得可爱，看久了就觉得讨厌，再也无法忍受了。

“外国人很爱吃醋。

“那个人连吃海苔都要练习。

“外国人的爱情像黏糊糊的饭，很快就腻了，吃过之后又很容易饿。所以，我必须不时地吃上几口。

“这阵子，我已经吃不出豆腐的味道了。大概是因为我老是跟油腻的东西为伍吧。

“尽管如此，我还是忘不了豆腐的味道。所以我只看不吃。

“我只不过跟日本男人说几句话，他也会发脾气。

“为了教我怎么拧人，他老是拧我。

“不过，我就是想跟日本男人做朋友嘛，结果他说：‘小孩子就无所谓。’于是我去找了小孩当朋友，他又说十六岁的少年不行，十四岁的少年也不准，所以我找了一个十三岁、发育不好、一下子就脸红的孩子当我的朋友。他叫作线二。”

加奈子与线二见过一两次面。阿京小姐叫他坐在法国娃娃旁边，在他的脸上涂抹白粉[①]。那是四五年前的春日午后，加奈子远渡重洋之前的事了。

她走到坡下了。透过人们的帽子，可以看到电车交叉路口的拥挤和对面慢慢上升的坡道。右边转角处是以彩色瓦片覆盖屋顶的水果店，左侧则是小型公共市场，看起来却像舞台背景一样虚假。加奈子早已习惯欧美的高大、宽敞，再加上这二十天，

① 日本传统的白色化妆粉。

她一直待在一望无际的海上，她的视力在这里再次失去距离感。

如果前面坡道左边的小鱼店，店头没摆着闪耀着青色的竹荚鱼与颜色更青的鲭鱼，加奈子大概会像置身于梦境一般，一脚踩进对面的舞台背景里。不过，这些小鱼唤醒加奈子眼睛的知觉，加奈子这才看见旁边的荞麦面店，还有再隔壁的药局。她想起自己的白粉喷枪，已交给柏林威廉大街的药局修理，还来不及领回，就离开柏林了。

接着，她转进巷子里。加奈子一心只惦记着豆腐店。那家店还在吗？寡妇一直过着单身生活，一个人磨豆子，后来一对夫妻来照顾她，自从入籍后，养子女残忍地虐待养母，成了街坊邻居讨论的话题。尽管如此，养子女却生得一副善良、没有攻击性的模样，反而是惨遭凌虐的养母是个面貌宛如鬼瓦[①]的老太婆。

---

① 装饰于屋顶四个角落的瓦片，相传有辟邪的效果。

在车子后方，可见老旧的帘子，以前那个角落写着“琴”字的油纸拉门，如今已经换成涂油漆的玻璃门，店门口依然挂着棉布袋，有个小孩躺在山椒树旁哭泣，母鸡和小鸡慌慌张张地从孩子的背后跨过去。

“好久不见。”

加奈子拉开旧帘子。

“欢迎光临。哎呀，贵客上门啦。”

待在店里的是寡妇阿琴。她手上还拿着啤酒杯。

“大家都还好吗？”

“哈哈哈哈哈，我终于把那些恶鬼扫地出门了。法官判我赢啦。听说你出国了，什么时候回来的？”

她把拿着啤酒的手，稍微藏进身体的影子里。

“刚回来四天。”

“这样啊。来，请坐，请坐。”

阿琴一点儿也不嫌麻烦，掸了掸入口的灰尘。

“没想到婆婆竟然能下定决心。”

“现在的年轻人啊，稍微对他好一点儿，就爬到我头上来了。最后终于上法院啦。在那之前，我上吊过两三次。一想到要是让他们见到我这丑老太婆的死相，大概又会被他们咒骂吧，所以没死成。后来我就当自己死了，一直忍过来。”

阿琴一直是个酒量不错的女人，黄汤下肚后，话匣子也跟着打开来。不过，今天她跟往常不同，见了久违的加奈子，有几分亢奋，特别想说话。

“那些恶鬼，才不会乖乖让我出门呢。我把火炉踢翻了。趁他们慌慌张张的时候，趁机从家里逃出去。光着脚。一开始，我以为自己跑进法院了，没想到竟然是海军省[①]。”

“婆婆，你这阵子天天喝酒吗？”

阿琴故意咂嘴两三声。

“哼，我可是每天喝。我还嫁人了。哈哈哈哈哈。”

---

① 日本主管海军事务的部分，相当于海军部，已于 1945 年废止。

“婆婆，你终于想开了。”

这时，一名身材矮小、穿着西服的年轻男子，抱着包包，一脸忧郁地走进来。

“你回来啦。你瞧瞧，这就是我家那口子。”

那名男子斜眼瞪着阿琴的酒杯，尴尬地点点头。

“我从以前就一直受到人家的关照。你好好跟人家道个谢吧。”

阿琴又对加奈子说：

“这个人啊，个性自大，脑子还怪怪的，竟然会娶一个老太婆当太太。”

身材娇小的年轻男子猛然抬头，小声怒吼：

“笨蛋……你又喝醉了。”

随后，他迅速脱了鞋，顺着玄关泥土地对面的梯子，爬上了挂着薄布帘的二楼。

“别看他那么生气，马上就没事了。我啊，已经完全学会该怎么对付男人了。现在回想起来，要是我以前没那么傻，也不会让前夫跟那个浑蛋养子为所欲为了。男人啊，最讨厌乖女人了。”

“婆婆做豆腐的工具上哪儿去了？”

“你出国这段时间，时局已经不一样啦。现在，像我们这种小豆腐店，不会自己做豆腐了。有公司啦，他们大量生产，再卖给我们。我们成了那家公司的股东，也是分店。纳豆也是。”

阿琴先是觉得稀奇地研究加奈子递给她的提把点心盘，之后，她取黄铜菜刀伸进微浊的水里，将滑嫩的白色方块放进盘子里。再用刀腹按压方块，小心翼翼地把水分沥干。

“哦，吓死我啦。我还是第一次把豆腐装在这么漂亮的容器里。这样看起来，还真好看呢。看起来都不像豆腐了。”

加奈子付了钱，正要离开店里，阿琴慌忙起身，追上来。

“那个，在伦敦卖豆腐的人，会不会关门大吉还是死翘翘啊？”

“为什么要问这个问题？”

“没什么啦。我只是在想，要是再发生那种事，我干脆去那边卖豆腐算了。男人嘛，就是喜欢新鲜感嘛。不想让他们厌倦，可是一件苦差事。再说，我们家大概也没机会生小孩了。”

加奈子不想一直待在这个爱讲话的婆婆身边。她好想赶快跟阿京小姐见面。加奈子给阿京小姐买的礼物，是产自意大利佛罗伦萨的大理石马赛克的胸针，现在收在小盒子里，藏在她的口袋里。加奈子对婆婆的长舌感到厌倦，伸手碰碰那只盒子。另一手则拿起镶在装豆腐盘子上的黑色铁制提把。加奈子伸到披肩外的圆润手上，轻薄的皮肤底下透出隐约一条条的静脉，静脉感受到黄昏的气息，愈来愈细。宛如木棒的风，在贫困的城镇呼啸，将豆腐吹得瑟瑟发抖。加奈子感到一股莫名的哀愁，以泛着泪光的眼睛眺望，惋惜着正要没入崖上网球场的、回国第四天的太阳。

“我想跟日本女孩正式结婚。”在法国人亨利的请求下，阿京小姐嫁给了亨利。亨利是里昂的保皇党员，却是个激进的人。法国卖到日本的外销品不多，其中，最高贵的就数女装布料。为了进行这份高昂的交易，他来到日本。来到日本之后，他完全没表现出在祖国的激进行为，成了一名诚恳的青年。他经常赞美千代田城里的松树。尽管如此，他倒也不排斥丸之内增建的那些几乎不留通道的美式大楼。他经常讨好似的说："即使是那样的建筑，都能看到不少日本人的个性。讲究每一个细节，果然是日本建筑啊！"

阿京小姐家经营着规模颇大的牛奶店，还在报纸上登过照片广告，说我们有进口×××种的牛。亨利是牛奶店的客户。当时，年轻的阿京小姐对西方人特别感兴趣，于是在送货员送去的牛奶瓶上，挂了一些日本名胜明信片。虽然只挂了一两次，当时，送货员收了亨利的小费，后来他自掏腰包购买明信片，挂在牛奶瓶上，假装是阿京小姐的好意，又收了小费。后来，当阿京小姐遗忘亨利的时候，亨利以为两人早已熟识，便邀请阿京小姐及双亲共进晚餐。三人前往赴约。

后来，亨利果真与阿京小姐熟识，提出希望迎娶阿京小姐的心愿。阿京小姐没有自己的想法。原本是士族，却抢先开起牛奶店的双亲，对于外国人的请求感到骄傲，对方也像一般西方年轻人的模样，瘦骨嶙峋，于是萌生一股正义感，决定把独生女嫁给他。

“我们家第三代是混血儿了。”

父亲抓抓头，逢人便炫耀这件婚事。

他们想采取日本传统婚礼，于是在大神宫办了神道婚礼。亨利穿着白百合的五纹黑色纹付[①]，端正坐好。阿京小姐梳着高岛田髻，搭配抢眼的麦芽色发簪。女子与小孩都站在神殿的走廊外面，七嘴八舌地聊个不停。加奈子也混在其中。她那不可方物的美，深深打动了两三位列席的亲密好友的心。

两人并未发生什么令人担心的事，像一般日本的新婚夫妻，顺利过了半年。亨利用蹩脚的日文，阿京小姐则用蹩脚的法文。她还会跟朋友报告两人的失败谈话，当成趣闻。

---

① 五纹纹付指绣着五处家纹的正式礼服外套，此处的白百合指家纹。

半年后的一天，加奈子带萩饼[1]去拜访阿京小姐。阿京小姐正在桌前以钢笔练字，麻质的桌布上，放着以前读女校时使用的旧习字本。阿京小姐以叉子将萩饼分装至西式餐盘上，说：

“外国人毕竟是外国人。”

阿京小姐将分装的盘子收进三角柜里，这时，加奈子发现她穿着和服的腰线到下摆，曲线已经不再窈窕。宛如西方女演员扮演的蝴蝶夫人。加奈子心头一惊。后来，每次去拜访她的时候，她总会抱怨些小事，不久，阿京小姐终于从亨利身边逃开。唯有她的母亲与加奈子知道她的下落。父亲在母亲的掌控之下，不敢询问她的住处。

亨利疯狂打听她的去向，控告阿京小姐的娘家。他却无计可施。因为国籍的关系，两人还没有办理结婚手续，无法闹上法院。

在庭院躲了两个月后，阿京小姐因病搬进海

① 以红豆泥包裹糯米的日式甜点。

边的疗养院。由于阿京小姐入院的时间跟加奈子准备出国的时间几乎重叠，双方仍然在忙碌之中抽空在隅田川沿岸的鳗鱼店二楼依依不舍地道别。

阿京小姐说："人类有没有灵魂呢？"

加奈子不知道该怎么回答。

阿京小姐见了她的样子，也没要求她回答，说："即使人类有灵魂，我的灵魂好像成了空壳。所以，不管我面对谁，我再也感觉不到灵魂碰撞的感觉了。唉，人类的灵魂互相碰撞，到底是什么感觉？"

接着，阿京小姐拉起加奈子圆润的双手。

"现在，我只有握着这双手，才能感到我握住东西了。"

说着，阿京小姐安静地哭了起来。白色海鸥随着涨潮的垃圾起起伏伏，把啤酒公司的红色砖墙当成夕阳。本所深川①弥漫着寂寞烟雾。

---

① 东京地名，位于江东区。

“总之，我会帮你把西方人好好看个仔细。”

加奈子搬到欧洲三都[①]的时候，都会寄简单的书信给阿京小姐。阿京小姐几乎从不回信。然而，接到加奈子即将返国的信件后，她却像个孩子似的，寄了好几封信，催促加奈子快点回家。还有，她在距离加奈子家七八町远的巷子里，租了一间房子，跟母亲同住。亨利也知道她的住处，愿意独自等待阿京小姐的疾病痊愈。

加奈子在电车行经后的昏黄傍晚，缓缓冲过闪着光、发出轰轰声的铁轨，不知怎的，她竟感到浑身颤抖，手提盘里的豆腐都凹了一个洞，她仍然提着，走进对面的小路，向染坊打听阿京小姐家，马上就知道了。竹篱笆外种着云片柏的平房，传来山田流[②]的筝音。加奈子拉开格子门，说：

“阿京小姐，是我。我回来了。”

---

① 威尼斯、巴黎、伦敦。

② 山田检校创始的古筝流派。

乐声戛然而止。

“Entrée! ”（进来！）

阿京小姐用力扑上来，好不容易买来的豆腐因此摔个粉碎。阿京小姐的病愈来愈严重了，完全没有恢复的迹象，带着几分疯狂又病态的圆熟，反而为中年美女平添几分艳丽的姿色。

“与你见面，是我最快乐的事了。”

接着，她拉开一旁的拉门，对着走出来的少年说：

“喜与司先生，请你握握这位的手。”

加奈子圆润的手，与少年带点儿湿意的柔软小手交握。加奈子发现，那是方才尾随自己的第二名少年。

异国饮食记

中等水平之下的餐厅里，一定会有几位老顾客，每天，都能在同一时间、同一张桌子，看见同一张面孔。像我这样的外国人，只要连续光顾两三天，他们就会问我：『你要挑一条餐巾吗？』

晚餐前的片刻，巴黎露天咖啡厅的人特别多。一天的工作告一段落，再过一会儿，就是纵情吃喝的时候。在那之前，则是一段舒缓紧张的身心、慢慢唤醒食欲的时间。每张桌子都摆着餐前酒，男男女女拿着酒杯，跟朋友闲聊，或是抽着烟，眺望大马路。巴黎人说话时又爱夹带手势，这段时间非常悠闲、放松。餐前酒是唤醒食欲的酒——男性多半喜爱翡翠绿的保乐（Pernod），女性则偏好大红色的苦艾酒。以眼睛欣赏新鲜的色彩，以鼻子感受芬芳的香气，以舌头品尝微苦的滋味，恣意感受它们的魅力。

到了下午七点，餐厅的大门准时开启。也不知是谁制定的用餐法则，在这一刻之前，巴黎人命令脾胃休息。

巴黎人是全世界最讲究吃的人民。他们认为一天之中，用餐时刻是最重要的时光。站在旁观者的立场，只觉得他们幸福无比。看起来，他们陶醉于味觉的世界之中，即使在大革命的骚动中、世界大战的动乱及动荡中，他们在用餐时刻，恐怕仍然采取一样的态度吧。

有人说，如果要吃遍巴黎所有的餐厅，即使花半辈子也吃不完。听起来好像有几分夸张，不过这句话说不定是真的。在日本，震灾[①]之后的东京，餐馆也犹如雨后春笋般蓬勃发展，听说那是因为开餐厅是最快的创业方法，再怎么样都能过日子。不过，巴黎餐厅的数目，是东京难以企及的。这里不像东京，是因为经济上的原因，应该还有其他更深奥的理由。总之，中等水平之下的餐厅里，一定会

---

① 指 1923 年的关东大地震。

有几位老顾客，每天，都能在同一时间、同一张桌子，看见同一张面孔。像我这样的外国人，只要连续光顾两三天，他们就会问我："你要挑一条餐巾吗？"只要挑了餐巾，每次用餐就不用支付清洁费，也就是25生丁[①]的小费。

卢森堡公园内的上议院，正门斜对面是富瓦约餐厅，饥肠辘辘的上议院议员们结束议事后，如果懒得搭车，可以直奔此处；以玛德莲大教堂灰黑色的巨大外体为背景，在整日陷入汽车旋涡里的玛德莲大教堂的一隅，拉卢餐厅维持着古典风情，低调地存在着；不远之处，林荫大道后方，有一家以各式鱼料理闻名的普诺尼餐厅；卖鸭肉料理的银塔餐厅，可以看见塞纳河对岸的圣母院尖塔。除了这些一流餐厅，有桌脚隐隐晃动、盘子缺角、叉子打弯、只要5法郎即可享用一餐的便宜郊区餐厅，全部算起来，巴黎的餐厅可能有好几千家吧，数也数

① 法国货币的最小单位，1 法郎等于 100 生丁。

不清。

不管是提供牛髓汤、能为饕客带来精致料理那至高无上的喜悦的一流餐厅，还是提供洋葱汤的便宜餐馆，巴黎的餐点总是物有所值。举例来说，一盘两法郎的肉食料理，也能充分满足人们的口腹之欲。

然而，尝遍各大美食的饕客，依然会在中流餐厅寻找美味。每一家巴黎餐厅都会提供两三道独门招牌菜。据说美食探险家能在这类中流餐厅的招牌菜里，找到惊为天人的美味。

去过巴黎的人，一定会到蜗牛餐厅大排长龙吧。蜗牛就是escargot，蜗牛餐厅是以蜗牛料理闻名的店。这家店当然有跻身一流餐厅之列的资格。

一般来说，蜗牛的外形实在是没办法给人什么好印象，而且它的肉质坚韧、弹性十足，要把它吃下肚，需要相当的勇气。在法国人的心目中，牡蛎的外形也不怎么讨喜。两者的差别只是牡蛎住在水里，蜗牛住在土里而已。他们主张人类在熟悉新食物之前，一定体验过跟吃蜗牛一样恶心的感觉。这个说法也有几分道理，不过，对日本人来说，再也没有比蜗牛更可怕的食物了。

并不是哪里产的蜗牛都能食用，蜗牛餐厅等地方提供的蜗牛，皆产自勃艮第，据说这里产的蜗牛风味最佳。

听说养殖食用蜗牛算是比较麻烦的事情。养殖场需要提供遮阴的树林，还要有能提供湿气的苔藓。一般只能卖尚未成熟的小蜗牛，因此每年都要把孩子从父母身边带走。此外，蜗牛到了秋冬时节，本能地会钻进土里，养殖者必须像挖芋头般，用木棒把蜗牛挖出来。蜗牛挖出来之后，还要经过多次洗涤，让蜗牛吐沙。天气转凉之后，巴黎的鱼店都能看到来自原产地的蜗牛在笼子里爬来爬去。

蜗牛料理只有一种：将蜗牛肉煮至柔软，再跟高级奶油及碎薄荷混合的酱料一起填进壳里。然而，这道简单的料理，也需要相当的熟练度。到了食用蜗牛的季节，在巴黎餐厅的菜单上通常都能看到这道菜。据一名养殖者说，巴黎人一年吃掉的蜗牛大约为七千万只，叠起来甚至比巴黎的凯旋门还高，相当可观。

据说法国人也是将青蛙入菜的鼻祖。尽管近来日本也开始养殖食用青蛙，即便在发源地法国，青蛙似乎也还称不上普遍的食物。就这一点来说，蜗牛比青蛙普遍多了。青蛙料理通常用高级奶油香煎，再淋上番茄酱享用。蛙肉用高级奶油烹制后，成品带点黏稠，吃着着实有点儿心惊。青蛙应该用猪油等油脂炸至酥脆，吃起来才会爽口。

即使不吃青蛙跟蜗牛这类有点儿恶心的诡异食物，巴黎还是有不少美味的餐点。

有一种大个的虾，就叫作龙虾，滋味教人难忘。这是一种在地中海捕获的虾，以盐水煮熟之后，蘸美乃滋食用，风味比伊势龙虾更细腻。还有一种身形比白虾大一点儿的螯虾，这种虾长着一对长螯。有螯的虾看起来也是有点儿奇怪，不过这个也很好吃，尤其是用橄榄油制成日式天妇罗，风味尤佳。

日本四面环海，照理来说，应该已经充分利用各式海中珍味，但仍然比法国逊色一点儿。和法国相比，淡菜在日本仍然不是普及的食物。日本海水浴场的岩石上，经常可见群生的淡菜，走路的时候必须很小心，不小心踩到的话可能会把脚底割伤。我小时候经常想，那么多贝壳，能不能吃呢？直到我来到法国，终于解开了小时候的疑惑。淡菜的法文叫作moule（贻贝）。冬夜彻夜未眠，肚子有点儿饿的时候，贻贝汤将是最佳美食。

最早传进日本的西方料理是炸猪排（pork cutlet）——不知道当时的人们是不是都叫它炸猪排（トンカツ，Tonkatsu），到了西方，日本人多半很想吃炸猪排。不过，找遍西方，都找不到炸猪排，应该很多人都会大失所望。到了英国的餐厅，看到菜单上有炸猪排，于是开心地点了餐，没想到端上桌的不是我们预期的炸猪排，而是日本的香煎猪排。看来有很多人觉得炸猪排的“トンカツ”的读者来源于英文。我在伦敦见到的人告诉我，他原本也以为“トンカツ”是英文，去了餐厅便说：“给我炸猪排。”对方完全听不懂，害他费了好大一番功夫说明。

找不着炸猪排的日本人，终于找到替代品，为了满足他们对于裹着面衣的炸肉的执着，也只能将就。那就是炸小牛肉排，法国叫作米兰炸牛排（Cotoletta alla milanese），德国则称为维也纳炸牛排（Wiener Schnitzel）。

从名称来看，法国人认为这道料理出自意大利的米兰，德国人则认为它来自奥地利首都维也纳。这两座都市应该争夺发源地才对。米兰炸牛排与维也纳炸牛排的不同之处在于：前者的配菜是意式通心粉或意大利面，后者则以马铃薯为主要的配菜，分别表现两个发源地的特色。

娼妇莉赛特

将美国人带回小窝，取出衣柜里的最后一瓶葡萄酒，莉赛特突然感到一阵悲伤。

雷蒙在做什么呢？对那个花着自己辛辛苦苦赚来的钱、不务正业的男人，她可是又爱又恨。疲劳突然从体内一涌而出。

娼妇莉赛特想了新的花招。她从床上起身，大声呼喊：

“有没有人愿意当我的爸爸和妈妈？”

黄昏的脚步迫近了。肚子饿了。窗子另一头的墙壁披上一层黄褐色，看起来像是令人想一口咬下的美味糕点。她笑了，双手按住横膈膜，笑了。任谁都曾经遇过这种时刻，肚子饿过头，反而觉得可笑。

修理椅子的玛姬婆婆从走廊另一头的房间走过来。

“又怎么了？这人怎么笑得跟疯子一样。”

莉赛特说，除了两口廉价葡萄酒，她什么都没吃。廉价葡萄酒是为客人准备的，平常放在衣柜里。玛姬婆婆正要问她要不要吃点什么时，莉赛特打断她，说：

“我想到一个有趣的主意，先别管那个了。请你听听我的想法。”

她再次提出想找人假扮爸爸与妈妈的愿望。在这一带，人们总会严肃地看待戏剧场面，认真接受一切事物。

玛姬婆婆面不改色地说：

“这样我来当你的妈妈吧，还有……”

玛姬婆婆表示会带莉赛特去找一个锯琴老乐师当她的爸爸。那是一个只有老头称号的老人，靠着以弯锯子弹奏各种旋律的技艺讨生活，在郊区的各家咖啡馆巡回表演。不过，他的收入很少。

“要是老头敢说不，我会揍他一顿，再把他带过来。那家伙的弱点是肝脏。”

玛姬婆婆做出保证，顺便决定该怎么拆账。婆婆暂时回去了。

莉赛特对着镜子，她哭了。俗话说“人在江湖，身不由己”，也就是说，一旦出卖自己的贞操，就别再像个初出茅庐的菜鸟悲叹自己的命运。然而，镜子映照着一切，窗帘随风轻轻摆动。突然察觉这些都是再自然不过的事，她的眼睛深处却渗出莫名的泪水。以前也发生过一样的事。

床上的布偶被扔到棉被的边缘，掉到地板上，鼻子贴在地上，乖乖趴着。只是为了这件事，她竟悲伤地哭了一个小时。

用甘油将泪水与眼屎擦干净，接下来，她在脸上描绘出一名“女儿”。那是一个绝世罕见的“女儿”，宛如活在故事里、会爱上曲马[①]马匹的女孩。想到这个谎言可以让现在的自己活在今夜的城市中，这个不可思议的念头让她喜不自胜。她以指尖捻起粉底，在镜子上写着：

“我的巴黎！”

玛姬婆婆与老头子来了。没想到两人都穿得人模人样。这一带的人都有着共通的特质，不服输。到了要紧时候，还能跟城里的小商人战得不相上下。靠着这性

---

① 骑着马匹的技艺表演。

格，两人把参加节庆舞会时穿的唯一一件好衣服穿来了。白色衣物也是刚洗好的，两人显得特别认真。

三人将剩下的葡萄酒分了。

“敬我今夜的父亲。”

莉赛特举起酒杯。

“敬我今夜的宝贝女儿。”

锯琴乐师按着肝脏，一丝不苟地回答。

莉赛特对着玛姬婆婆，同样举杯。婆婆也予以回应，举杯回礼，随后说：

“莉赛特，要是雷蒙得知我们的计划，他会怎么想呢？”

就连莉赛特都觉得羞愧。她的男友是完全不懂“技术”的男人。她说：

“算了，别告诉他了。那家伙根本不懂我们这些内行人的门道。”

三人穿越整修中的圣德尼圣殿的大门，走进城市的光里。葡萄酒在莉赛特疲倦的胃里晃动，恶心的反胃感从胃一直传到头。要是显露出不舒服的模样，自己的脸八成会是快要烂光的鬼婆婆。她对自己的脸有点儿感兴趣，悄悄瞄了手提包的镜子一眼。镜子里，不可思议的女孩梦想着曲马团的马。这种奇异的感觉，再次为莉赛特带来为工作冒险的勇气，她如每晚那般，到处送秋波。同时，她想起今晚的“新花招”，顿时勇气倍增。

莉赛特倚在锯琴乐师的左手臂上，装出一副小家碧玉的模样。孤独早已沁入老乐师的心灵，难得有年轻女子贴在他身上，他只觉得半个身子灼热难耐。为了防止这一点，他抬高左肩，擦掉鼻头上的汗水。走在后方的玛姬婆婆感到一股莫名的嫉妒。

在鱼贩门的大道上，由四面八方射出五色光束。然而，被光束刺穿的人们，或是避开光束行进的人们，尚未经过筛选。垃圾很多。还不像晚上十一点过后，只剩下专门找乐子的人。步履依然稳健的男人们，绕到已经下班、被服饰店橱窗吸引的女裁缝师身后。他们对妓女视而不见，咖啡厅里，男性服务生聚集在视野良好的窗前，在桌边悠闲地享用晚餐。值班的服务生把同事视为客人，提供同样的服务。

“今天是来玩的吧？”一个声音说。

她立刻得知对方是侦探。莉赛特一点儿也不觉得害怕，娃娃脸的侦探只是对她的职业感到好奇。刚开始，莉赛特被他捉到圣拉查的小屋——也就是被送进大牢，当时，他对她呵护有加，宛如看待一只被活抓的鹌鹑。热爱打猎的猎人，不会残酷地对待自己的猎物。等她拿到许可证，可以光明正大地赚钱时，这名侦探甚至对她另眼相看。由于他的尊敬，自己才能成为独当一面的女人，侦探对她的职业感到好奇，也许不是什么奇怪的嗜好。

莉赛特故意用路人也听得见的音量，大声说：

“可爱的侦探先生。我有带许可证呢。”

“啊，没事的，没事的，夫人。”

他反而吓了一跳。为了缓和气氛，他说：

“我今天放假。”

说着，他让她看了口袋里的椰子，便走到对面。大概是在蒙马特的节庆活动打靶射中的。

莉赛特不能进入蒙马特。鱼贩门大道是她唯一可以进入的猎区。那里的咖啡厅——R，是她的地盘。这家店的英美顾客比较多，菜单也有总汇三明治（club sandwich）或火腿蛋（ham eggs）等以通俗英语标示的食物。

客人喜欢坐在舒适的长沙发角落——那里就是她的陷阱。他们一行人在隔壁桌子坐下来，就在那张沙发旁边。

仰慕她的科西嘉男服务生立刻跑过来擦拭桌面。

“要点什么呢？保乐茴香酒吗？好，刚才，雷蒙才来找过你。”

他对她的事了如指掌。他帮她借钱给对方。

“我想反正你没有钱。”

跟她一样从事买卖的女子，陆陆续续过来占位子。穿着毛皮大衣的米娅卡，还有穿格子上衣的玛格莉特。她们见了莉赛特，便说声：“嘿。”又说：“你今天变了个人呢。”

最近，来到巴黎的游客已经对娼妓感到厌烦。他们追寻看似没经验的新手。这就是莉赛特的目标。

当爸爸锯琴乐师跟妈妈玛姬婆婆好奇地品尝起英文名字的食物时，猎物一直不断地坐在她设下的陷阱上。然而，猜疑心重的英国人完全没上钩，美国人也没上当。

巴黎活力洋溢。

假扮的亲子档会不会成功呢？那些看穿实情的娼妓与店员，以及经常上门的小流氓，都在明亮的灯光下，悄悄守护着他们。后来，三个人终于成功了，捕获了一名美国人，正要回小窝之际，众人同声高呼：

"Vive famille！"（家族万岁！）

莉赛特回头，稍微吐出被酒染深的褐色舌头，向他们答礼。

将美国人带回小窝，取出衣柜里的最后一瓶葡萄酒，莉赛特突然感到一阵悲伤。

雷蒙在做什么呢？对那个花着自己辛辛苦苦赚来的钱、不务正业的男人，她可是又爱又恨。疲劳突然从体内一涌而出。

玛姬婆婆带着锯琴乐师老头回自己的房间了，她感到一股莫名的焦虑。玛姬婆婆用尽各种办法欺凌锯琴乐师，不让他休息。老头子整晚蜷着身体，护住他的肝脏。

鲤鱼

至于这场恋爱关系，一方悟道后，另一方也提不起兴致了。所谓的悟道，指的是亲身体验生命的普遍性及流通性，得知一条鲤鱼亦蕴藏着天地一切道理，同时，得知恋爱并非人生的一切，是人生的一小部分而已，绝对不能因为这一小部分而让人生停滞不前。

一

京都岚山前的大堰川上，有一座典雅的渡月桥。沿着这座桥，往东一直走到尽头，有一座临川寺，里面供奉着开山始祖梦窗国师[①]的塑像。寺院前方就是大堰川，完全符合诗偈中“梵钟潜入清波，响彻翠峦”的境界。

自从开山[②]以来，传承数代，到了室町时代[③]末期，这座寺院由三要和尚[④]担任住持。

① 梦窗国师，梦窗疏石，临济宗禅僧。

② 佛教用语，指创建寺院的僧人。

③ 1336 年至 1573 年。

④ 三要元佶，活跃于安土桃山时代到江户时代初期的僧侣。

在禅寺用膳时，会进行施饿鬼①仪式，从钵里取出一口饭，放在一旁。这口饭被称为“生饭”，临川寺平常都会将其扔进河里。这时，渡月桥上下六间之间、禁止杀生的河里，便会聚集原本栖息于川中的各种鱼类，前来享用生饭。由于这是每天的仪式，鱼群也十分清楚，当寺院的钟声响起，鱼群已经在前方的深水处等待。

负责在餐后将生饭丢给深水处鱼类的人叫昭，是一名青年沙弥，年方十八。原本出自公卿②人家，孩提时就被三要领养，学习坐禅的学问，贵客临门时，由他负责招待。他尚未剃度，穿着墨色金缕袈裟，长得弱不禁风，苍白的肌肤吹弹可破，五官深邃，几乎要给人切割过度的感觉，是一名很有男性美的青年。他被寺院领养的时候，年纪尚小，所以让他喂鱼。他已经认得大部分的鱼儿，把它们当成

---

① 又称施孤，佛教仪式，喻以慈悲之心将饮食布施饿鬼。

② 为政府效力的高官重臣。

朋友或兄弟一般，和睦相处。

在某一个五月天里，雨不断下着。中午时分，想到深水处的鱼大概已经在等了，昭便以网代笠[①]代替雨伞，送生饭到水边。河面已经尽数为浓雾隐蔽，较晴朗处的天空中，可见龟山、小仓山的松树梢，宛如水墨画般晕染开来。当昭正要走到河畔、一脚踏上石梯之际，只见石头阴影处的岸边与河畔之间的浅水处，有一红色物体横躺在那里。他定睛一看，红色的是女性所用的被衣[②]，有一名女子头上罩着这件被衣，横躺在那里。昭急忙跃下河滩，飞奔到女孩身旁，把她抱起来，问道：

“你怎么了？”

女孩气若游丝，说是从昨天起就没吃饭，又饿又累，想要喝口水，好不容易才来到水边，却在不知不觉中失去了意识。

---

① 僧人常戴的斗笠。

② 古时日本妇女外出时所穿的、连头都罩上的衣服：平安时代以后，身份较高的妇女外出时，为了遮住脸部，都会穿上这种衣服。

“那样正好，这里有喂鲤鱼的生饭，请你享用吧。”

他把钵端给女孩，她喜滋滋地吃了，他又取水让她饮用，女孩这才恢复精神，接着，女孩讲起自己的遭遇。

应仁之乱①在细川胜元②及山名宗全③两大头目死后并未结束，中央得以稍微喘息之时，战乱却延伸到全国各处，如今在各地区发起小规模的战争。这时，不管是细川还是山名的将领，都很担心故乡的局势，于是十万火急地从京都返乡。

在细川的人马当中，有一名负责镇守下野国、名叫细川教春的幕府，虽然占领了丹波一地，也是因为担心故乡产生变故，立刻赶回故乡去。教春的独生女早百合公主，在三年前京都战祸稍稍平息之时，被叫到父亲镇守京都的行馆，她当时还是十四岁的少女。

---

① 1467 年至 1478 年的内乱，为主战场京都带来巨大的伤害。

② 细川胜元，应仁之乱的东军总大将。

③ 山名宗全，应仁之乱的西军总大将。

后来，她每天都跟随茶道、学问、舞蹈、击鼓的老师努力学习。到了今年春天，她十七岁了，父亲连忙返乡，他临行时本以为动乱很快就会平息，他不久就能返回京都，于是留下一男一女两名侍从，陪公主在行馆留守。临走之际，还留下足够的生活费。

然而，后来情势对父亲愈来愈不利，近来几乎音讯全无。传说他们一族的家臣几乎全数灭亡了。这时，随侍在早百合公主身旁的两名家臣竟然联手共谋，将行馆跟下人都卖了，并且卷款潜逃。冷酷无情的两人，什么值钱的东西也没给公主留下。

由于担心父亲的处境，考虑到自己独自住在京都也很危险，公主终于下定决心，准备返乡，不过她已没有多少盘缠，只能空身起程。然而，她根本无力应付旅程中的危险，很快就遇上恶棍骚扰，公主既不安又饥饿，最后筋疲力尽。

语毕，公主安静地哭了起来。

“难得承蒙您的救命之恩，小女子却不知该前往何方，想到路途上的艰辛，我已经没有向前迈进的勇气，干脆投河自尽算了。”

昭听了之后，只觉肝肠寸断。他认为能帮助她的最好方法，就是请寺院暂时收留她，直到打听到故乡的情况为止。不过转念一想，在这乱世之中，还有许多命运悲惨之人，要是他们全都哭着到寺院投靠，寺院没法收容每一个人，她又是名女子，住在寺院十分不便。他很清楚寺院一定会拒绝。不得已之下，昭只好说：

“请你活下去吧，总会有办法的。虽然只是粗茶淡饭，我会帮你送过来，请你暂时在这附近躲一阵子吧，别被人发现了。”

即使是昭，都不知道下一步该怎么做。总之，暂时也没有更好的法子了。他环顾四周，正好有一艘以茅草包覆的小船。那是将军到大堰川游船之际，同行的屋根船[①]，平常很少人来碰它。昭扯开茅草，请早百合公主入内。

公主看来似乎不怎么感激，倒也没拒绝，躲进

① 有屋顶的船。

船里了。她说：

“我很孤单，除了送饭的时候，请你尽量抽空来找我。”

二

流言很快就在寺院的人们之间传开了。

“这阵子，昭沙弥说是喂生饭，心神不宁地赶去河边，每天都去五六趟。他是不是跟鲤鱼太熟了，被鲤鱼迷住了？”

“所以啊，河里的鲤鱼一听到用膳的钟响，很快就围过来了。我偷偷去看过，果真如此。”

“这样太奇怪了。”“不正常。”“很奇怪。”八卦传得满天飞。话说得也没错。得来不易的生饭全都被昭喂给茅草船里的美丽公主了，河里的鲤鱼只能痴等。最后好像是看开了，即使听见用膳的钟声，鲤鱼也不再聚过来了。听了流言之后，昭更加小心。总是看准时机才去茅草船。每回收到点心、水果的时候，他都会假装吃下，实则藏在袖子里，偷偷带给公主享用。随着时日流逝，梅雨季也结束了，到了盛夏时分。

一方是十八岁的青年，一方是十七岁的少女。两人认为外界全是敌人，暗中悄悄相会。渐渐地，两人萌生恋情，也是很正常的事。

公主再也无法思考，一心等待昭的到来。也许她原本觉得这男子是她唯一的依靠、恩人，在心底对他的感情早已成熟。证据就是她会在无意之中，提出试探男子心意的任性要求。

另一方面，昭则想尽快找到机会收拾残局，否则不但会妨碍自己的悟道之路，对公主也不好。尽管他心里经常这么想，却也因为自己的另一股情感作祟，始终在内心里为自己拼命找借口，拖拖拉拉地维持目前的状态。偶尔，他觉得自己很没出息，可愈是这么想，恋火反而熊熊燃烧，“算了，我干脆豁出去，跟公主私奔好了”，连自己都觉得十分危险。不如干脆维持现状，静待时间的审判，他也想开了，持续这段愉快又虚幻的私会。

正午过后，昭给公主送了生饭之后，两人稍微拨开面河的茅草，眺望对岸的风景。蝉鸣聒噪，犹如阵雨，持续了好一阵子，几乎撼动了翠绿山色，好不热闹。再加上没有一点儿清风吹来，四周密闭的茅草船里，闷热异常。公主以衣袖擦拭汗水，说道：

“我好久没沐浴了，好想在这干净的水里冲洗汗水。反正四下无人，你跟我一起下水，让我攀着你的手臂吧，我会害怕。”

这可是一道难题。两人目前就连听到芦苇摇曳都要屏住呼吸，对于两人来说，这可是极大的冒险。一旦被人发现，不知要遭遇什么样的下场。昭颤抖着阻止她：

“说什么傻话？大白天的，怎么能做这么危险的事？要是今晚没有月亮，我会趁着黑夜过来，到时候再洗吧。你先忍耐一下。”

不过，公主受不了自己提出的计划的诱惑，身子痒了起来，一刻也不能忍，只想立刻浸泡在冰凉的河水之中。

“你为什么不肯听我的话呢？”

看着公主深切恳求的样子，昭也失去了理智，只是说了一句 “好吧”，便拉起公主的手往河里走。

青春这档事，古今皆同。两人好似现代的青年男女在野外的泳池中游泳那般，全身沐浴在阳光之下，溅起水花，玩得好不快活。实在是太舒畅了，两人忘了时间。不知何时，僧人们已经站在寺院旁的河岸，惊讶地议论纷纷。

“那不是昭沙弥吗？”

“他在水里跟女人嬉戏。”

“哎呀，真是不知羞耻。”

三

僧人们很快就抓住了昭，将赤身裸体的他带到方丈面前。不过，即使是僧人，也不敢碰赤裸的公主，公主趁他们犹豫的空当，惊吓万分地逃回茅草船里，披上外衣，瑟缩着身子。

三要住持闭着眼睛，安静地倾听僧人们的控诉，频频点头，最后说：

“我明白了。不过，和昭公子在一起的，确定是女人吗？你们没错把鲤鱼看成女人吧？”

众僧义愤填膺地说：“我们怎么可能会看错呢？”

三要制止众僧，说道：“是女人还是鲤鱼，我没有亲眼见到，无法判断。只好请昭公子与众人进行法战[①]，对决之后再行裁决。即刻鸣钟。请双方到法堂准备。”

三要说完，狠狠地瞪了昭一眼。昭似乎已经看破一切，早已有所觉悟，然而，见了他的目光，内心却不觉涌现一股力量。若是只有自己遭受处罚，他无所畏惧。不过，尽管自己还未剃度，却仍然是寺门中人，说不定那位孤苦无依的公主要背负上诱惑自己的罪名，遭受惩罚。姑且一战吧！他萌生战斗的勇气。昭不禁低头，双手合掌，叩拜师父。这时，三要若无其事地起身，急忙前往法堂。

四

法战开始了。三要住持靠在曲录[②]上，坐在正

---

① 禅宗的法义问答，双方针锋相对地讨论法义，犹如世间的战争。

② 僧人常用的椅子。

面，众人坐在东侧。昭独自坐在西侧。问答的音量愈来愈高亢。可见两三名僧人以背带绑起衣袖，斜拿着竹篦[①]。若是昭讲话吞吞吐吐，他们打算把他痛打一顿，连同女人一起，送给监督寺院的上级，现在则好整以暇地瞪着他。

众人轮番上阵，针锋相对，昭只会回答：

“鲤鱼。”

“竟敢玷污佛门子弟、败坏佛门名声！”

“鲤鱼。”

“承认吧，你已深陷火坑。”

“鲤鱼。”

“腐肉果真惹来苍蝇。”

“鲤鱼。”

以上并非全部的问答。刚开始，众人本想将他痛打一顿，昭却不死心，一律只答鲤鱼，在他的内心深处，隐含着男人为全面庇护一名女子而置生死

---

① 以竹片扎成的细长状刑具。

于度外的心意。此时若非拥有真正高深禅学的人，恐怕是无法打败他的。在他的这股气势的压制之下，众人不禁心生惧意。

不久，昭的心里产生不可思议的变化。刚开始，昭觉得与禅学强者的前辈论战，自己大概会被问题淹没，无法应对，所以他打算听天由命。幸好得到三要师父的提点，坚守“鲤鱼”二字，固守到底，不管是什么问题，他只回答“鲤鱼”“鲤鱼”。说来奇怪，抱着这样的心态，曾几何时，他竟觉得鲤鱼，这宇宙万物中的一个小小生命，竟蕴藏着天地间的一切道理。忽然间，昭的回答愈来愈灵活了。青年时而回答“釜中鲤鱼”，时而回答“从渔网穿透而出的金鳞”，到最后他甚至忘了鲤鱼的存在、忘了自己的存在、忘了眼前众僧的存在，只是轻巧快速地回答着禅问，答案也越来越富有变化，犹如沉钟之撞木，犹如绕梁之余音，进入活力洋溢的境界。至此，众人逐渐噤声不语，只能瞪大惊叹的双眼。三要莞尔一笑，敲击拂尘，宣告法战结束，并未说明孰胜孰败，而是说了这样一段话：

“如今，昭公子顿悟了另一种生命，乃是长期以来，鲤鱼接受生饭所回向之功德。昭公子犯的错误，全是老衲不德所致。愿这场风波就此平息。”

借着这个机会，昭剃度为僧，在另一条河畔开了鲤鱼庵，持续修行活动。人们认为他的前途不可限量。

至于这场恋爱关系，一方悟道后，另一方也提不起兴致了。所谓的悟道，指的是亲身体验生命的普遍性及流通性，得知一条鲤鱼亦蕴藏着天地一切道理，同时，得知恋爱并非人生的一切，是人生的一小部分而已，绝对不能因为这一小部分而让人生停滞不前。

不久，并未顿悟的早百合公主也立志悟道，然而，她却是反过来回归红尘，发挥舞蹈的才能，成了京都有名的舞伎。她的一举手一投足，均美得不可方物，在充满趣味的动作中，却弥漫着一股罕见的枯寂禅味。这是她成为鲤鱼庵的忠实信徒之后，坚持倾听禅道的结果。

后来，三要住持为免有人再铸下大错，拖着年迈的身体，接下喂生饭给水中鲤鱼的工作。于是，深水里的鲤鱼听到了用膳的钟声，再度聚集于寺院前的水面等待了。

附：生命中那弯流转的多摩川

——冈本加乃子文学散步

神奈川县川崎市·多摩川散步

冈本加乃子的老家——大贯家——位于多摩川周边，加乃子自幼依河而居，多摩川自然成为加乃子心中永远的归宿。对加乃子而言，多摩川的自然景色是那么深刻，她不时回忆起多摩川，并将多摩川的生命展现于文学创作之中，例如《生生流转》等作品。

大贯家位于现在的神奈川县川崎市高津区二子。从二子新地车站，沿着多摩川步行约三分钟，抵达二子神社，神社腹地会看到白色的纪念碑。这座如梦中白鸽般的大型艺术装置，就是冈本加乃子的文学纪念碑。文学碑建造于1962年，由加乃子的儿子冈本太郎创作，取名“骄傲”，台座上刻着“将这荣耀献给一平与加乃子　太郎”。另外，文学碑前方有一石碑，上头刻有川端康成书写的铭文。

看过文学碑后，步行约五分钟，可到二子二丁目公园。此地以前是大贯家的所在地，公园并不大，公园入口处的广告牌上写着“大贯家的人们”。遥想曾经生活于此的男女老幼以及大贯家曾经的荣华与衰败，不免让人感慨世事无常。公园附近有一寺院名叫光明寺，寺内有大贯雪之助的墓。雪之助是加乃子的二哥，他对文学的热忱，深深影响着加乃子，是加乃子文学生涯中重要的人物。

继续在大山街道步行约五分钟后，抵达沟口绿地。沟口绿地内有加乃子的歌碑，刻有加乃子的短歌，由川崎市高津区的扶轮社赠送，纪念曾在此地度过童年的加乃子。沟口绿地隔壁就是川崎市立高津小学校，也就是加乃子的母校，当时称作寻常高等第二小学校。望向校内墙上的钟，时间的脚步不曾停歇，物会换、星会移，不过，学校老师仍会不时向学生提起关于冈本加乃子的各种故事吧！

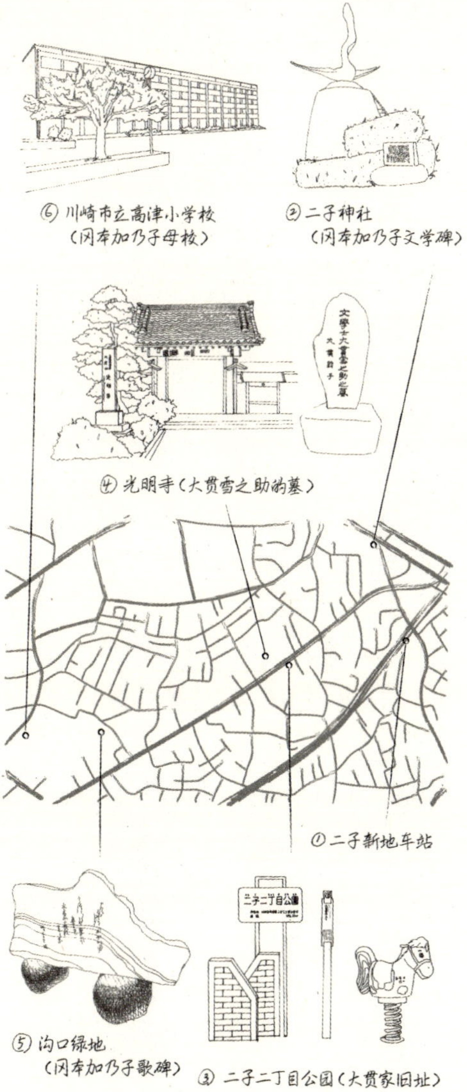

建议路线：①二子新地车站→②二子神社（冈本加乃子文学碑）→③二子二丁目公园（大贯家旧址）→④光明寺（大贯雪之助的墓）→⑤沟口绿地（冈本加乃子歌碑）→⑥川崎市立高津小学校（冈本加乃子母校）